I0642942

Il a été imprimé
10 exemplaires numérotés sur papier
de Hollande Van Gelder

LA LUMIÈRE DE SICILE

DU MÊME AUTEUR

Une Étude sur l'Apprentissage (*d'après des documents toulousains*). Essai de philosophie sociale. (Paris. A. Picard ; Toulouse, E. Privat), 1909. Un volume in-8° . . . . 4 fr.

Vᵀᴱ JOSEPH DE BONNE

LA

LUMIÈRE DE SICILE

> Nous étions encore le long de la
> mer comme des hommes qui pensant
> à leur chemin marchent avec l'esprit
> et demeurent avec le corps.
>
> Dante, Pg. II.

PARIS

LIBRAIRIE ACADÉMIQUE

PERRIN ET Cⁱᵉ, LIBRAIRES-ÉDITEURS

35, QUAI DES GRANDS-AUGUSTINS, 35

1911

A

MON AMI

LOUIS D'ANTIN DE VAILLAC

TÉMOIGNAGE D'AFFECTION PROFONDE

ET

SOUVENIR

DE NOS ÉMOTIONS FRATERNELLES

DANS

LA LUMIÈRE DE SICILE

LA
LUMIÈRE DE SICILE

I

SUR LA MER LATINE

Le 15 mai, à bord du « Hohenzollern ».

Depuis hier soir, de son mouvement
sans cesse repris et inachevé, la mer
dissipe au fond de nos souvenirs l'adieu
éclatant de la Provence. Nous courons,
ce matin, vers la lumière nouvelle, dont
les vagues, entre leurs souples replis,
retiennent la jeune beauté. Leurs caresses n'ont point des inconstances

brutales, et c'est un frémissement qui
se prolonge avec la mobilité de la passion hésitante, pour s'achever au milieu
d'un lointain silence en une harmonie
apaisée qui rejoint le ciel. Cette volupté
presque heureuse, qui limite ainsi avec
de l'ordre le regard et les désirs des hommes, fait honte à nos pauvres amours ;
et une ivresse douce nous vient de l'horizon immatériel, du souffle pur et libre
du vent, de cette plaine où d'autre ombre ne demeure avant le soir que des
bateaux humains ou d'un nuage passager.

Je veux oublier le navire allemand qui
me porte et le langage trop rude pour
la douceur de ce ciel. Ayant maudit à
nouveau les circonstances de temps qui
m'obligèrent à y embarquer, je me ré-
fugie à l'arrière, sur le pont de deuxième
classe, le plus élevé de tous, et voisin

du désert où les cordages, les cheminées et les manches à air béantes se livrent à des rébus un peu confus. On y embrasse la structure complète du navire dont l'isolement se précise alors sur la mer. Il y a de chaque côté une étroite passerelle solitaire qui s'échappe du bastingage et surplombe la blanche agitation des remous : elles semblent faites toutes deux, surtout celle qui dans notre marche regarde vers l'orient, pour un rendez-vous d'amour et de confidence. Et comme, par une grâce bienfaisante, aucun des rares passagers n'a désiré s'élever à ces hauteurs de solitude, je puis rester longuement seul devant la mer, pour qu'elle modèle mon sentiment suivant sa beauté.

Près de moi, elle chante, avec des variations à peine caractérisées, au long des flancs du navire, se poursuivant elle-même en des jeux sans fin. Ainsi du vain effort de son mouvement désordonné la mer réalise autour d'elle une gaieté que l'on dirait insouciante... Je m'attriste de songer à la douleur de ce soir, quand la nuit descend vers ces voix de désir qu'irrite l'universel repos. Mais la sagesse de la mer domine l'inquiétude de son frissonnement : parce qu'elle s'approfondit et que seul le ciel la limite, elle participe à la nécessité des choses qui durent, elle rentre dans l'ordre éternel, sa surface bruit et ondule tandis qu'elle demeure dans la paix profonde, et son chant passionné s'éteint à la ligne pure de l'horizon.

« La mer nous déshumanise », disait la douloureuse Élisabeth de Bavière. J'éprouve que de pareils matins libèrent le rêve emprisonné de cette Impératrice de la Solitude, ainsi que l'appela

magnifiquement Maurice Barrès en des
pages qui nous déchirent d'ardente pitié sur nous-mêmes. Cette femme, qui
délaissa le règne de la société des hommes et demeurera souveraine de tous les
isolés qui se recherchent fiévreusement, trouva à sa torturante anarchie
le seul apaisement que les choses de la
terre lui pussent proposer. Quand elle
murmure « la mer me déshumanise »,
son rêve s'ennoblit d'échapper au men
songe des livres ou à la laideur des
cités, et, disciplinée par le regard, sa
pensée se développe sans limites. Mais
pourquoi, lorsque évadée des entraves
coutumières et forte de la contemplation de l'ordre, redescend-elle jusqu'à
sa propre émotion dont elle fait le centre
de l'univers? Méconnaît-elle l'humilité
dont la mer enveloppe cette ascension
réglée de notre esprit? Ainsi elle dissipe

pour les jeux obscurs de sa sensibilité
la plus noble réserve de spiritualisme,
quand, la solitude de la mer nous invi-
tant à retenir l'ordonnance de sa beauté,
nous évoquons à deux genoux le Principe qui modela pour nous en exemple
ce visage de la perfection. Car elle n'en
est que le visage : elle ne possède point
la force qui nous permettrait de réaliser
son harmonie, et si l'intelligence s'élève
pour l'avoir longuement regardée, elle
peut retomber sous la violence des sensations confuses. La mer qui délivre
devient ainsi « puissance d'anarchie ».
Chez une Élisabeth de Bavière l'angoisse doit alors monter de l'apaisement
qui déçut et multiplia son désir. Pour
elle peut-être, la violence d'une lame
impérieuse qui brise soudain le rythme
des vagues légères bouleverse-t-elle sans
retour la noble surface! Et cette femme,

pour qui la réalité énerva sans cesse
l'inquiétude volontaire de son rêve, de-
meura jusqu'à l'ironie cruelle de sa mort
l'Impératrice de la Solitude... Pourtant
la mer ne nous déshumanise que pour
nous mieux faire éprouver la faiblesse
de notre humanité : elle révèle à notre
ivresse de nous croire libres, puis à la
douceur de notre recueillement l'ordre
suivant lequel se discipline une ardeur
nouvelle; et montant avec elle jusqu'aux
bords du ciel qui l'arrête, nous y embrassons l'amour raisonné de sa beauté
avec l'énergie d'en suivre l'impérissable
conseil. Dès lors nous ne devrions plus
descendre en notre sensibilité humiliée,
mais, forts de connaître le sens éternel
de la vie, retourner vers les autres hommes, dont il nous faut aimer l'humiliation
pareille à la nôtre, et leur enseigner que
nul ne fait de lui-même sa morale.

Je songe que l'isolement d'un matin
sur la mer fait une paisible retraite, et
je goûte l'enseignement des mystiques
qui vécurent leur existence de prière et
de labeur humain devant la réalité puis-
sante des larges horizons. Le soleil est
monté lentement, et baigne toutes choses
d'une clarté infiniment caressante. Les
vagues, avec mollesse, froissent leur
tissu de moire bleue, et soudain elles
glissent et s'insinuent, puis s'écrêtent
lestement parmi des rires gracieux et
toute une féerie de dentelles blanches.

Le jour entier j'ai poursuivi ma retraite édifiante et gardé la faction sur
ma passerelle inestimable. Seules y
intervenaient les causeries de mon ami :
certaines amitiés rendent l'isolement
plus profond et moins perfide. Sur un
des longs fauteuils du bord je suis

demeuré couché devant la mer, pour ne
penser à d'autre qu'à elle. Que ceux-là
qui s'étonneraient d'une apparence de
langueur nous murmurent s'ils ne sont
pas restés parfois de longues heures à
regarder aller et venir dans la lumière
la plus belle et la plus sage de leurs
amies, et si le calme d'une telle contemplation, plus que la violence de l'étreinte,
ne les rendit pas sûrs de conquérir
l'univers à cause d'elle. Mais peut-être
alors beaucoup d'entre eux ne recueil-
leraient-ils de la mer que l'ennui ! Combien, d'ordinaire, courent le monde,
fuyant tout, ne poursuivant rien, et
mettent toute réflexion ou tout enthou-
siasme à composer la distraction de
l'heure où ils vivent : jeunes animaux
bien parés, adulés pour la richesse de
leur extérieur, possédant surtout des
instincts vulgaires mais très sûrs. A

quoi bon troubler une pareille concep-
tion de la vie ? Et, s'il en est ici, laissons-
les à leurs jeux et à leur sympathie pour
un navire hôtel et casino. Le nôtre offre
à la perfection de semblables qualités
qu'il garantit de sa firme germanique.

L'Allemagne d'ailleurs escalade brusquement notre refuge et c'est l'invasion
bruyante de nos compagnons de première
classe qui ont abandonné leur bridge
bienfaisant pour venir mieux voir se
coucher le soleil. Solitude et recueillement nous ont quittés ensemble, et
cette passerelle qui me fut si chère tout
aujourd'hui, confidente presque de mon
rêve, me paraît maintenant étrangère
et bientôt hostile. Nous n'aimons pas
les objets pour eux-mêmes : « créa-
tures », ainsi qu'eussent dit les mystiques, nous les utilisons fraternelle-
ment pour réaliser nos fins du cœur ou

de l'esprit. Seulement il est des choses
matérielles qui supportent l'effort de
toute la vie ; je médite que le sol d'une
patrie est sans cesse chargé d'amour
et qu'il est meilleur de regarder la mer
quand on mêle son repos au tiède sommeil des sables de France. Mais pourquoi
le soleil qui meurt nous impose-t-il
cependant cette foule de barbares ? Ils
sont là, animés et communicatifs, faisant
de petits gestes ridicules pour témoigner
qu'ils voient s'éteindre le jour ; demain
ils se lèveront de bonne heure pour le
voir se ranimer, et devant Bonifacio,
ce matin, ils furent sans doute des premiers à saluer — pour le pouvoir redire
— les rochers extrêmes de Corse et de
Sardaigne. Ce n'est point que tout cela
n'ait une beauté et ne puisse agir sur
nos âmes, mais entre une aurore, dont
le seul mérite pour eux sera d'être rose

et tendre, et un crépuscule flamboyant,
ils demeureront, la journée entière, le
dos tourné à la mer. C'est que ces gens-
là, en rupture, simplement pour se distraire, avec leur vie normale où très
souvent la plupart excellent qui n'appar-
tiennent point à la horde élégante des
·cosmopolites, ne retiennent des choses
inconnues que l'accidentel et jamais la
fixité que gardent les lignes essentielles
d'un paysage ou d'un chef-d'œuvre de
l'art. Pour eux, seul le pittoresque a
une valeur dans le monde en dehors de
leur vie régulière et encadrée : le retour
aux bienfaits de celle-ci comme leur
inconscient ennui en voyage les sau-
vent périodiquemet d'une vulgaire anarchie. Voyager ainsi qu'en une marche
hygiénique, sans s'être proposé un but
pour se purifier et rassembler un apaisement, faire de la vitesse mécanique

pour la vitesse elle-même, choses toutes
pareilles et susceptibles de communi-
quer au plus sage bourgeois une indépendance irraisonnée, à une sensibilité
trop émotive quelque excitation dissol-
vante...

Un incendie maintenant s'est allumé
à l'horizon de la mer, et sur l'eau et
dans le ciel éclate le triomphe de violences harmonieuses. Le soleil pour
l'adieu de sa victoire révèle l'énergie de
ses contours et sa face brûlante garde
une sérénité farouche devant la nuit
qui n'est rien qu'une négation et son
absence. Il se regarde encore longuement dans la mer, et les vagues défor-
ment son image selon leur amoureuse
souplesse. Alors dans notre sillage commence une dernière fête des couleurs :
vert étrange des remous, couronnés de
mousse blanche, invariable azur des pro-

fondeurs, ils se mêlent avec ivresse à
l'embrasement qui soutient leur agonie, et c'est à chaque ondulation la douceur infinie des teintes qui se répandent,
puis se heurtent à chaque cime en une
confusion étincelante. Mais sur toute
cette gaieté qui s'acharne à prolonger
un instant tombe la lueur grise d'un
ciel qui ne se souvient plus des midis
passés. Vers l'orient, où nous allons
d'une marche sûre, la mer s'anéantit
dans la brume, et sa tristesse est voilée
de l'ombre qui grandit. Des mouettes
crient dans le vent qui fraîchit avec le
soir : leur blancheur mène une ronde
claire à travers la pénombre ardente, puis
devant la mort du soleil leurs voix d'enfant ont une suprême détresse. Vers
nous, sa voilure de rose pâle et de safran
pareille à quelque visage livide éclairé
d'un feu qui meurt, un navire à la coque

noire tangue chétivement. Lorsque nous
le croisons, personne n'est distinct à
son bord : nous remarquons seulement
que sous ses voiles toutes larguées le
pont vogue déjà dans la nuit. Et nous le
voyons s'éloigner, dans le mystère que
garde la plus humble des rencontres en
mer, comme un fantôme d'humanité.

Mais soudain retentit le long appel
d'un piston que quelque garçon de service promène à tous les recoins de
notre bateau. En chœur nos passagers
de première font entendre une réponse
véhémente : *essen ! essen !* « manger,
manger », clament-ils, et leur appétit
enthousiaste trouve des raisons profondes dans leur sens positif de la vie
et plus encore peut-être dans leur discipline germanique. Ils sont volontiers
curieux d'un coucher de soleil jusqu'à
l'heure précise où leur faim doit être

périodiquement satisfaite, et nulle contemplation de la beauté ne tient pour
eux devant les premières notes d'un piston.

Nous les rejoignons un peu plus tard
en une salle à manger d'un luxe un peu
lourd, où, sous la direction compassée
mais rigoureusement polie d'un *Kellner-
meister*, se consomment, suivant des
menus chargés de plats et d'arabesques,
les cuisines les plus compliquées du
monde. L'art brutal et nécessaire de se
nourrir veut une discrétion dans sa richesse pour devenir quelque chose de
proprement humain. Éloigné pour des
semaines de l'élégance sérieuse de la
moindre table française, je suis avide
déjà des macaronis sans morgue qui
fument sur le port de Naples.

La nuit enveloppe doucement notre

marche. Les éclats de voix deviennent
plus rares. Encore trop de lumières
glissent par les sabords, mais l'approche
du silence se devine. Un mince crois-
sant de lune nous suit. Appuyé au bastingage, j'ai fait alors ma prière du soir
devant la mer :

« O mer, lui disais-je, je t'aime, parce
que tu es femme ; je t'aime pour ta douceur et pour tes faiblesses, pour ton
émoi sous les caresses du soleil et ta
colère durant les nuits trop sombres.
Je sais que tu frissonnes sans cesse
d'un désir toujours inassouvi, et que
dans l'ombre ou la lumière, dans la joie
des matins ou le deuil des soirs sans
étoiles, tu berces l'amertume de tes regrets au balancement fiévreux de ton
espoir : et c'est ce qui te fait cette voix
profonde où dans le cantique infini de
tes vagues passionnées monte parfois

le cri prolongé d'une agonie. Je t'aime
ainsi, ô ma sœur, l'angoisse de toute
vie se reconnaît et se perd dans la
tienne. Mer magnifique et caressante,
maîtresse de nos âmes, de toute volupté
tu dégages pour elles une tristesse : de
même le fleuve éclatant de soleil dans
ton azur s'écoule-t-il quand vient le soir
au bord des lacs mystérieux et dor-
mants que verse sur toi la lune.

« Mais je te vénère par-dessus toute
chose pour le reflet d'éternité que tu
portes, pour l'horizon où retourne ton
désir et s'anéantit ta douleur. Je te
vénère pour ton intangible harmonie,
qui fuit sans cesse les hommes, lorsque,
se hâtant vers elle, ils ne rencontrent sur
tes routes sans fin que la rumeur de
tes agitations. Ainsi femme de notre
chair quand nous sommes près de toi,
tu te révèles au loin comme le signe de

la divine beauté : immuable leçon qu'à
chacun de nous appartient de discipliner son cœur incertain suivant la loi de
l'intelligence éternelle.

« Dans chaque nuit qui commence, ô
mer qui portas la fortune d'Ulysse, redis
à l'homme fragile errant au gré de tes
flots, que tu n'es, pareille à lui, qu'une
humble chose, mais que Dieu t'immor-
talise et le secourt lorsqu'il apparaît sur
ta ligne suprême et qu'il vient vers lui,
comme autrefois sur les vagues apai-
sées vers les pêcheurs... »

Nulle clameur inutile n'interrompt
plus la nuit. Les mâts dressent les feux
solitaires qui nous désignent à l'inconnu, et le sourd halètement de la ma-
chine pénètre de son effort régulier le
mystère qui recule. Nous sommes venus
sur le pont des troisièmes, tout à l'avant.
Et penchés sur l'abîme de l'étrave, le

front dans le souffle du large, ivres de
la saveur des algues et des printemps
lointains, nous songeons à tout le rêve
dont les grands yeux des cariatides, à
la proue des nefs antiques, s'emplissaient sous les étoiles.

Or, non loin de nous, douze jeunes
Castillanes, émigrantes vers Alexandrie,
sont couchées leurs bras ouverts et la
gorge nue, ou pelotonnées ensemble
comme des chattes heureuses. Leurs
jupes ardentes et quelques fleurs vives
à leurs cheveux retiennent des lueurs
dans la pénombre. Elles se renvoient
des phrases indolentes et obscures,
qu'un rire traverse parfois d'une clarté
soudaine. Deux ou trois se sont levées
quand nous leur parlions. Et voici que,
scandant les inflexions de leur taille
du claquement brusque de leurs doigts,
elles commencent entre elles une danse

où passent toutes les inconstances du désir. Le chœur nonchalant des jeunes filles s'éveille et se rendort tour à tour, accompagnant en mesure la « jota » farouche et caressante.

Petites mains fidèles, simulant le jeu rude des castagnettes, vous mêliez sur la mer latine à la douceur de cette nuit italienne le souvenir frémissant de votre Espagne ! A ce bord étranger et ennemi, votre instinct de femmes en exil retrouvait-il donc, sous sa franchise presque primitive, le grand amour qui rassemble, comme des sœurs consolées, les plus belles traditions des hommes ?...

II

PANORAMA DE SICILE

Une première impression, immédiate,
s'élève de la traversée de la Sicile, et
tout de suite, avant même d'avoir scruté
l'horizon, un panorama irrésistible dé-
roule sa diversité qui nous livre d'abord
à une complexité de sensations atta-
chantes. C'est cette complexité même
qu'il faut, dans sa brièveté, noter comme
liminaire, avant les détails précis d'art
et de nature qu'elle contient en les dé-
passant, mais qui sans doute la préciseront ensuite. Il est une chose que l'on

embrasse presque du navire qui aborde
à ses côtes : le contour insulaire de la
Sicile. Et de saisir matériellement ce
simple fait, dont les manuels scolaires
tirent un exemple banal, tout s'éclaire
de l'histoire de ce sol merveilleux,
comme ses paysages enchanteurs à la
lumière de son soleil d'Orient.

Elle est au centre de la grande mer
latine, de la mer qu'avant les Romains
ont parcourue les premières barques
humaines et sur les rivages de laquelle
toutes les civilisations se sont épanouies,
puis endormies pour mourir. L'humanité tout entière, depuis le peuple de
Dieu et les guerriers de Troie, a défilé
autour de son lac chargé des promesses
du ciel : des vestiges de toutes les beautés que l'art sut composer jalonnent les
sables et les rochers où elle enferme
son azur. La douceur du climat et la

fertilité de la terre l'escortent sur tous
les confins de son empire. Tous les
hommes se sont rués à son invite, ont
lutté pour conquérir son sourire, ont
péri en la désirant. Sur ses bords se
sont développées les deux grandes clartés parmi les ténèbres épaisses : la re-
connaissance de la raison au-dessus de
la matière vaine, et donnant un sens à
cette raison la révélation des choses
divines. Or la Sicile, parce qu'elle forme
le cœur de cette mer, a subi toutes les
pulsations qui animaient les extrémités
les plus lointaines, elle est comme une
réduction de la Méditerranée elle-même.
Elle fut convoitée par tous les peuples
à qui elle offrait sa place unique dans le
monde et toutes les ressources rassem-
blées. Son histoire et son sol en ont
gardé, sous le charme le plus prenant
peut-être de la terre, toutes les contra-

dictions. De là vient sans doute qu'elle
n'appartint jamais complètement à personne sans pouvoir cependant réaliser
son rêve d'indépendance : bien des maî-
tres ennemis se sont disputé sa domination, et durant des siècles un idéal a
chassé de son horizon le souvenir de
l'idéal opposé. Or pouvait-elle être vraiment elle-même quand elle ne savait
plus de quoi était faite son identité? Ne
devint-elle pas alors dans l'espace et
dans le temps une image anxieuse de
l'humanité ?

Des Sicanes préhistoriques aux Ita-
liens de la couronne de Savoie, toutes
les races ont retourné cette terre : Sicules, Phéniciens, Elymiens à l'origine
troyenne, Grecs : Ioniens et Doriens,
Carthaginois, Romains, Barbares descendus du Nord, Sarrasins appelés de
l'Orient, Normands. Et il faudrait rappe-

ler l'incursion de Pyrrhus et de ses armées d'Epire, le règne des Hohenstau-
fen, la malheureuse dépendance à l'égard
de l'Espagne, ou la grande influence
de Byzance, puisque Syracuse même fut
un instant le siège de l'Empire d'Orient,
et toutes les rivalités et violences poli-
tiques depuis les tyrans et, bien plus,
les démocraties des cités grecques jusqu'aux exactions de Verrès, toutes les
luttes intestines, toutes les guerres
étrangères surtout. Car c'est là une caractéristique encore de cette Sicile que
les génies des plus vastes civilisations
s'y sont rencontrés infailliblement. On
a observé que, dans une région déter-
minée, les grandes batailles des guerres
les plus différentes se livraient presque
toujours au même point. Or ce ne sont
plus des combats particuliers dans des
guerres données, ce sont les plus grandes

guerres elles-mêmes, celles dont furent
dépendants non pas seulement des peuples mais les idées conductrices de l'humanité, qui ont choisi cette terre. Rome,
Carthage, l'hellénisme, Mahomet, Byzance, les rois chrétiens, si brillants ici :
c'est le panorama de toute l'histoire
essentielle. Ni la Grèce, ni l'Italie ne
peuvent nous instruire de la même manière.

Et comme il se situe naturellement
sur les paysages de la Sicile, ce panorama humain ! Douceur incomparable à
certaines heures des lignes et des teintes,
d'où surgissent parfois des monts arides
et quelque bouleversement sismique sous
un soleil implacable. Enchanteresse et
continuelle vision d'un paradis terrestre
qui vous enivre, et dont on jouit cependant avec la conscience vague qu'il est
déjà le paradis perdu. Confins du ciel

et de la mer que nuls autres au monde
ne dépassent en simplicité; et, sous les
pas errant dans l'incertitude ravie des
ivresses, le trouble d'une ardeur luxu-
rieuse. L'Etna qui dompte amoureuse-
ment toute la Sicile lui donne une per-
sonnification achevée quand il se penche
avec une grâce que seul le Vésuve sait
égaler, et qu'il ne cesse pourtant de pro-
jeter sa fumée menaçante. Des montagnes où se répand du cailloutis et des
plaines riches comme les champs fer-
tiles qui avoisinent Catane, une végétation qui ne sait pas se limiter et une
sécheresse que les seuls *fiumare*, sans
eau la plus grande partie de l'année, ne
parviennent pas à amollir de leur déri-
soire ressemblance avec quelque rivière
de la préhistoire. Le climat le plus cé-
lébré peut-être par l'antiquité, et la
mal'aria sournoise que signalent des

eucalyptus officiels autour de chaque
station du chemin de fer. Des tremble-
ments de terre, puis des fleurs à l'infini.
Des espaces jaunâtres et brûlés, comme
autour des mines de soufre où nous
vînmes de Caltanissetta, sans l'ombre
d'un seul arbre, sous un midi qui nous
terrassait, des coulées de lave, et cette
vision, au sortir de Girgenti, de trois
femmes en long tablier bleu, au châle
rouge croisé sur la poitrine pleine, sou-
tenant avec des bras faciles sur leur tête
des paniers débordant de genêts d'or.
Dans bien des rues de la plupart des
villes siciliennes, l'odeur des quartiers
arabes, mélange indéfinissable de fri-
tures refroidies, de lessive rance et de
lilas qui se décompose, mais partout
dans la campagne et sur les terrasses des
jardins ce parfum envahissant et si intime que toute la vie en demeure déli-

cieusement arrêtée comme entre les bras
de l'amour. Une après-midi, je ne sais
plus dans quel train lancé à toute
allure, les orangers emplissaient d'un
souffle lent notre compartiment dont les
glaces étaient relevées, et sans nous
débattre encore nous éprouvions à cette
possession trop sûre une volupté parcourue de frissons, comme en durent
ressentir ces trop fortunés convives
qu'un empereur de la décadence enseve-
lit un soir sous une pluie de roses.

La Sicile porte bien en effet dans ses
cultures et ses ressources cette contradiction ou tout au moins cette complexité,
et quelque guide du commerce mondial
pourrait fournir des détails qui m'éton-
nèrent avant de la mieux connaître. Ne
fut-elle pas, au temps des Romains et
avant la suprématie des gouverneurs,
le grenier d'abondance de l'Italie ? Le

soufre dont l'Europe s'approvisionne,
le sel, les vins dont quelques-uns sont
fameux, les pêcheries de thon et l'une
de leurs plus importantes madragues
que l'on voit près de Mégara, les citrons
dont les statistiques d'exportation ont
quelque chose d'inouï : des millions de
caisses par année, aussi bien d'oranges
que de citrons d'ailleurs. Oh ! les exquises
oranges, qui fondent sur la langue en
un jus plus parfumé que le chianti lui-
même, dont la petite bouteille grasse et
souriante orne aussi en Sicile de son
justaucorps de paille blanche la table
des hôtels un peu sérieux. Et les figues
d'Inde, et les caroubes, et tant d'autres
agrumes : c'est ici la patrie privilégiée
des fruits. Ils viennent d'abord sans
qu'on y pense, mais on y pense aussi
et leur culture est méthodique. Or, ne
sommes-nous pas intéressés surtout,

nous passants, par la variété symptoma-
tique de cette flore et de ces arbres dont
les flancs de l'Etna étagent si curieusement la logique progression ? Le jasmin,
les mandariniers, le laurier, les ifs, les
bambous et les palmiers, le coralinier
de l'Inde, les chrysanthèmes aussi, avec
de simples amandiers et des bouleaux,
de multiples orchidées, les camélias et
les héliotropes, le cyprès et l'olivier toujours verts, puis les térébinthes et le
tamaris, toutes les essences et toutes
les fleurs, depuis les hêtres froids jusqu'aux volubilis enthousiastes, celles qui
simulent la folie et la joie et l'écoule-
ment de la vie, celles qui symbolisent la
sagesse et l'immortalité. Ensuite, sur
tant d'épanouissement et de feu, le croas-
sement inattendu des corbeaux qui agitent l'air limpide de frissons lugubres.

Les mœurs ne seront-elles pas alors

semblables à la terre et au passé ? Voici
le pays choisi de l'idylle, où Daphnis
s'endort dans les bosquets de myrtes et
de cistes au grésillement des cigales et
des abeilles. Les pâtres et les chevriers y
jouent en l'honneur de Pan de la syrinx
ou de la flûte, et l'on s'y souvient de
Mégare où fut institué sur la tombe du
beau Dioclès un concours de baisers.
C'est qu'auprès d'Amaryllis sont tous
les enfants et tous les jeunes gar-
çons qui gardent les troupeaux sous
les ombrages de Sicile. Sans l'écarter,
ils s'aiment violemment entre eux de
cet amour dont les temps antiques ho-
noraient la paisible immoralité, et que
chantait encore l'églogue virgilienne :

Corydon ardebat Alexim...

Sous la simplicité de la vie et la
grâce des mots, il y avait tout le raffi-

nement naïf d'un culte sensuel rendu
liturgique ailleurs, et dont le musée
secret de Naples révèle les divers bibe-
lots un peu vifs : toutes ces amours, de
qui Lesbos fit la contre-partie, véné-
raient le symbole trop vivant que certains carrefours de Pompéi n'ont cessé
de proposer, comme s'il était un modèle
par excellence de la *virtus*, au souvenir
des vierges romaines de l'Empire. Pourquoi cette Sicile charmante fut-elle un
abri si naturel à la nature pervertie ?
Or les premiers étonnements des sens
dans nos groupements de jeunes gar-
çons et de jeunes filles séparés marquent
aujourd'hui de sympathiques élans qui
nous heurtent et que seule notre tradition morale ramène encore vers les
naturelles inclinations. Cet obscur ata-
visme millénaire devait mieux triompher dans l'abandon rustique du paga-

nisme sicilien. Et pourtant sur ces
mêmes rivages l'exquis amoureux qui
consulta vainement la fleur d'anémone
soupire comme le plus délicat et le plus
triste des troubadours : « O jeune fille
aux beaux regards, aux noirs sourcils,
fleur de santé, embrasse-moi, moi le
chevrier, et qu'à mon tour je te baise.
On trouve dans les baisers, même sans
conséquence, une agréable volupté. » Il
n'est pas que des satyres lascifs et des
cyclopes impétueux au bord des sources
qu'enveloppent « des joncs abondants,
de bleues chélidoines, de vertes fou-
gères » ; il y a le sourire, qui fait s'y
noyer le blond Hylas par amour, de Ny-
kheia aux yeux couleur de printemps.

De cela quelque chose reste encore
dans les mœurs d'aujourd'hui, parce
que, si la méthode tainienne n'y doit
être complètement justifiée, trop de

morts cependant les ont façonnées dans
la suite des siècles. Et cette terre où
tout paraît endormi de chaude béatitude
connaît aussi les secrètes et redoutables
menées de la *Mafia*, si spontanée dans
son organisation et, dans ses moyens
rusés ou violents d'aide mutuelle, si
expressive de l'indépendance, de la paresse et de l'ardeur accumulées dans le
sang sicilien par tant de races différentes. Faut-il d'ailleurs oublier les
brigands, ce personnage si recherché
à cause du petit frisson romantique
bien rare dans nos voyages modernes
encombrés de chemins de fer et d'auto-
mobiles ? Or ici le moindre paysan qui
trottine sur son petit âne dans la campagne porte son inséparable fusil en
travers de la selle, et tout de suite la
plus paisible toile de fond en prend du
relief. Je me souviens d'un cavalier, de

haute mine, qui sur la ligne de Girgenti
à Catane escalada notre compartiment;
mis à la dernière mode, mais botté,
éperonné, avec en bandoulière *hammer-
less* et revolver, il descendit à une halte
perdue dans la montagne où pas une
maison, pas un arbre n'apparaissait.
D'ailleurs au moment de quitter la
France, un grave professeur, dont la
manie est la géographie de Sicile, nous
avait informés avec un sourire que
trois mois auparavant le fils d'un con-
sul de France était enlevé et restitué
contre rançon. Je n'ai jamais vérifié
le fait. Quant aux Siciliens, ils pro-
clament bien haut qu'il n'y a plus de
brigands, bien que certains nous aient
prétendus un peu imprudents d'avoir
couru seuls la campagne de Caltanissetta. L'un d'eux, homme fort intel-
ligent et du meilleur monde, précisa la

question en peu de mots : il n'y a plus
de brigands systématiques qui vous
détroussent, mais il y a l'individu qui
« gagne la montagne » parce que sa
conscience n'est pas en repos ; et là,
mon Dieu ! il vit comme il peut : affaire
aux gens des environs à ne pas se
brouiller avec lui et à le bien traiter. Le
piquant était que ce parfait honnête
homme, aussi courageux qu'un autre,
nous disait très simplement avoir entre-
tenu jusqu'à ces derniers temps d'excel-
lentes relations avec un certain brigand
dont il avait toujours connu les ca-
chettes aux frontières mêmes de sa
propriété ; et il en parlait avec aisance
maintenant, depuis que peu de jours
auparavant les carabiniers avaient mis
la main dessus non sans y perdre deux
des leurs. Le détail a une saveur très
sicilienne. Dans ce pays où le langage

muet est en honneur, on ne parle pas
plus qu'il ne faut.

Ceci n'empêche pas les grandes ex-
pansions méridionales et italiennes sur
la moindre des curiosités locales. Une
fierté un peu naïve s'exprime constam-
ment chez ces hommes par quelque :
bello, *bellissimo*, et facilement *divino*.
Il n'y a pas d'admiration mitigée,
et cette admiration, ils la rapportent
volontiers sur vous. A ces moments où
leur responsabilité ne joue pas, ils dépassent toujours le point utile. Ils sont
bien frères de l'Espagne, où la formule
consacrée : *Mi casa es la casa de usted*,
ne se traduit pas nécessairement par
une hospitalité réelle. Mais que ces gens-
là sont enthousiastes de la beauté ! A
bord du *Hohenzollern* je vins à égarer
une bague dans ma cabine : le Germain
de service, froid et correct, qui la re-

trouva, me la rendit respectueusement
en disant : *gutes Ring ! gutes Ring !*
bonne bague ! Un Italien n'aurait pas
manqué son *molto bello*. La fierté locale,
l'amour de la beauté, et aussi le culte de
la tradition, qui remonte jusqu'au roi
Roger et jusqu'au Cheval de Troie, ne
sont-ils pas fixés d'ailleurs sur ces incomparables petites charrettes siciliennes
dont le moindre panneau est vivement ba-
riolé d'histoire ou de légende au gré du
client ? Puis les civilisations diverses,
sous l'unification compliquée, ont laissé
des détails particuliers : ici c'est le souvenir espagnol plus marqué, comme à
Trapani, dont les jeunes femmes, au
dire de l'une d'entre elles, conservent
une part de l'habitude andalouse de ne
point sortir seules dans les rues ; là c'est
l'influence arabe, comme dans les chants
populaires ou les cris dolents qui res-

semblent à des onomatopées. Mais il y
a peut-être en Sicile moins d'abandon
qu'à Naples. Une fierté un peu grandiose, une dévotion attendrie, une sen-
sualité complaisante, surtout une certaine impatience à supporter le joug,
voilà quelques traits généraux du caractère sicilien. Il nous laissa au passage
cette rapide impression. Je note à son
propos ce fait divers, de Trapani encore : on était en pleine effervescence
de l'affaire Nasi, et pour protester contre le gouvernement de Rome, au cours
d'une manifestation, le portrait du roi
d'Italie fut jeté à l'eau.

Que dire alors des architectures dont
la grande île est toute soulevée? Pour
les ruines helléniques sa richesse l'emporte peut-être sur la Grèce elle-même.
La pureté des temples grecs destinés aux
fêtes païennes, et la volupté des basi-

liques byzantines et arabes dédiées au
culte mystique : quelle est donc la réalité de cette contradiction ? Il est bien
vrai, dès la première vision, que les Normands ont renoncé à leurs procédés
septentrionaux et subirent malgré eux
l'influence du Midi passionné. Mais
alors, comment la concision dorienne
éclate-t-elle ici dans sa sobriété énergique ? Serait-ce que toute la pensée
n'est pas l'œuvre de la nature et du
temps ? Ah ! comme l'on sent, après
l'aperçu général de cette traversée, le
besoin de revenir aux détails de la route
qui préciseront tous ces contrastes et
cette impression de l'ensemble elle-
même ! Ces ruines dans ces paysages,
il faut les avoir interrogées distincte-
ment si l'on veut savoir quelque chose
de cette portion d'humanité.

Cependant l'unité physique de la race

frappe dès l'abord par sa beauté. Le
visage régulier des hommes est ici quelque chose d'admirable. Dans son livre,
vivant, et l'un des classiques compagnons des touristes français, sur la
Sicile, René Bazin définit le Sicilien :
« Un Espagnol né d'une mère sarra-
sine », et il ajoute : « Somme toute il
n'est pas beau. » J'avoue ne pas avoir
éprouvé la sensation de l'éminent voya-
geur. Mon ami et moi, nous avons toujours gardé au contraire de ces physio-
nomies, aux chauds mélanges africain
et espagnol, j'en conviens, l'impression
définitive de ces profils de statues où
les Grecs ont su mettre une unité incomparable. Quant aux femmes, hors le
songe brûlant de leurs yeux, peut-être
sont-elles moins émouvantes qu'en quelques autres contrées de la terre.

Puis il y a surtout une chose immor-

telle et que rien n'efface sur ces clairs
rivages : la mer immuable où tout se ramène de la Sicile et qui fait de ce paysage un modèle de classicisme parfait.
Quelle autre région s'achève ainsi de
toutes parts ? Ce qu'il y a de tourmenté
en elle est humain à cause de tous les
hommes qui y sont passés, et donc empli d'émotion, et donc curieux à appro-
fondir comme les incertitudes du cœur.
Un professeur d'université italienne, qui
citait avec érudition Victor Hugo et
Carducci, me parlant un jour du livre
de Bazin, le déclarait intéressant mais
un peu superficiel. Superficiel pour les
détails de l'histoire ou du commerce : il
est possible. Or, que nous importe à
nous, étrangers ? Sur ces matières, il y
a des guides, des encyclopédies et des
ouvrages spéciaux. Ce que nous cherchons par tout pays, c'est l'âme qui y a

vécu et qui y vit encore ? Quelle est cette
âme ? Nous lui demanderons seulement
de guider notre propre vie à la lumière
comme firent pour le maître de Ravenne
les ombres de Virgile et de Béatrix.

Souvenons-nous de Théocrite : « Quand
je le vis, comme je délirai, comme mon
cœur fut profondément blessé, malheureuse ! Mes belles couleurs se dissipè-
rent, et de la procession, je n'ai rien regardé ! Comment je revins à la maison,
je l'ignore ; mais une maladie dévorante
m'agita violemment... » Et ceci : « Moi
aussi, hier, une bergère aux sourcils
joints, en me voyant du seuil de sa
grotte conduire mes génisses, me dit
que j'étais joli, joli. Et je ne lui répondis
rien, pas même de brèves paroles, mais
je baissai les yeux et poursuivis ma
route... » Douleur folle de l'amour ou
timidité ingénue et tendre, toute la Si-

cile antique, et l'homme d'aujourd'hui,
ne sont-ils pas chantés par ce créateur
d'un genre secondaire peut-être, mais
dont on n'a pas toujours assez dit qu'il
fut un magnifique psychologue ? Quelques-uns joindraient volontiers ses
idylles à nos pastorales les plus enru-
bannées ! Ouvrons-le de nouveau, en
contemplant, par delà les troupeaux confondus, la mer de Sicile : ne correspond-
il pas à la complexité de notre sensation liminaire ? Et cette sensation
est-elle donc alors superficielle ? Elle
s'est imposée à nous dès le premier par-
cours de cette terre : il fallait la noter
ici, même si elle fut en partie postérieure
aux méditations particulières, car ces
méditations peut-être vont l'approfon-
dir. La Sicile n'a pas eu véritablement
d'école de peinture, et cela est étrange
dans cette patrie des plus splendides mo-

numents de l'art du relief et de la forme :
sans doute la diversité de son âme n'a-
t-elle pas trouvé à s'exprimer dans une
manière trop spécialisée, et je ne sais
en effet quel maître des écoles italiennes
se rapprocherait de son génie ?

Sous la lumière qui inondé un horizon, les détails ne s'éveillent que peu à
peu, qui expliquent enfin cet horizon
même : ainsi quand l'on descend les
pentes de l'Etna vers la mer, les plaines
siciliennes affirment-elles elles-mêmes
le sens de la complication de leurs
plans gradués et de leur féerique coloris.

III

PREMIERS PAS DANS PALERME

Après une nuit en mer où nous a suivis le souvenir d'un soir clair et tendre sur Naples, nous glissons, dans l'illusion d'une contemplation immobile, au ras de l'eau transparente, dont le matin semble combler les flancs du vase, digne d'être offert aux lèvres des dieux, que le golfe de Palerme couche sous un ciel de bonheur. Une lumière uniforme fait jaillir, à droite, la nudité un peu rude d'abord du monte Pellegrino ainsi qu'un joyau énorme, à peine dégrossi,

4

mais éblouissant et serti d'azur. Vers la
gauche le Monte Catalfano allonge plus
doucement sa courbe sous un voile léger où tremblent des reflets de lilas en
fleurs et de roses. Puis, dans le fond,
s'élevant comme les gradins insensibles
d'un amphithéâtre de verdure immense,
de clarté et de joie, des pentes larges
et fondues s'ouvrent au delà de quelques
centaines de maisons blanches en un
geste souple d'accueil. Quelques-uns
ont préféré l'intimité de ce golfe à la
baie de Naples. Mais il manque ici la
caresse que le Vésuve laisse au bord
de l'horizon, et dont il rassemble, pour
une fête merveilleuse, toute la douceur
et tout l'amour assoupis dans ce paysage. Ici seulement le charme est peut-
être plus proche, plus tentateur. Qui
peut alors nous dire s'il n'y a point là
une simple impression de l'heure ou la

foi de notre émotion présente? Ces
nuances sont plus fugitives que des sentiments humains ou que des reflets sur
les choses. La seule vérité qui demeure
pour nous, ce matin, c'est que le premier salut de la Sicile ne nous offre
qu'un sourire de volupté, et que nous
ne sayons encore, dans notre désir de
joindre la sirène, si ce sourire est plus
vain que les parfums de cette terre ou
s'il dissimule une sagesse ou de la souffrance ou de l'ironie.

Or, si l'on descend dans cette ville,
si l'on se prend à errer, sans méditations
et sans rêves, dans ses carrefours et
dans les plus neuves et les plus droites
de ses rues, on n'entend d'elle, en
effet, d'abord qu'un langage. C'est la
grande cité cosmopolite, qui tous les
hivers accroît ses trois cent mille indigènes de la foule changeante, illustre

ou futile, tragique aussi et diverse, à
l'âme plus bariolée qu'un *carro siciliano*.
On peut la voir au Caire ou simplement
sur la Riviera. Elle a fui presque toute
maintenant vers les plages du Nord.
Mais elle laisse encore sur l'asphalte et
dans l'air une joie de vivre où l'on sent
à la fois de la fièvre et de la paresse, et
une élégance extrême, coupée seulement
d'exagérations de métèques barbares.
D'ailleurs toutes ces villes d'Italie et de
Sicile gardent une aristocratie riche et
luxueuse qui a la force de maintenir ici
une tradition de goût. Dans la via Ma-
queda, le soir, ou sur l'admirable corso,
devant la mer, de la Marina des chevaux somptueux promènent des toi-
lettes nobles et charmantes comme à
Rome, comme à Naples. Palerme est
bien d'abord, et uniquement, une cité
pour les voluptés pénétrantes. D'elle on

ne retient, au premier accueil, que
l'ivresse de ses orangers et la provocation de ses fleurs innombrables. Ses
faubourgs ont des villas riches comme
des palais dans des parcs ardents
comme une forêt des tropiques. Le rire
de ses femmes est plus chaud que du
soleil, et la souplesse passionnée de ses
hommes fait naître ici, nous dit-on, les
désirs étranges d'une corruption plus
subtile. Ici la chair trouvera des joies
dans des raffinements qui ne pourront
épuiser son exaltation. En un tel carrefour d'humanité doit mieux apparaître
sous l'angoisse des plaisirs rares cette
impuissance éternelle de combler son
désir que Lucrèce soulignait vivement :

Nec penetrare, et abire in corpus corpore toto.

Une ironie, vraie comme les détours
du cœur humain, et par où nous con-

naissons qu'idéaliser sa vie veut un
effort incessant, n'est-elle pas au terme
de toutes les choses de l'amour? Le rire
de Molière et d'Aristophane même jaillit
des profondeurs de la souffrance... Un
soir de Palerme, nous avions trouvé,
assise entre des parents ou des amis, dans
la salle à manger aux lambris clairs, et
tout embaumée de lauriers-roses, de
notre hôtel, une jeune fille, jolie mer-
veilleusement. Elle parlait italien. On
nous dit que ces gens étaient de la ville.
De profil, elle sentit bientôt que nous la
regardions, de ces regards où un homme
voit une insulte et une femme devine
un hommage. Elle n'échangea plus que
quelques mots avec ses voisins, par instants se retournait soudain vers nous,
et sa taille, qu'elle cambrait tout à coup
d'un caressant effort sur la chaise re-
culée, devenait une provocation où nous

cherchions à comprendre quelle âme se livrait. Puis elle prit sur la nappe une rose rouge, et avec ce sens instinctif qu'ont les femmes du geste qui leur convient à tel moment, elle la portait à petits coups sur ses lèvres et la respirait longuement. Cela dura tout le dîner. Nous ne sûmes pas à qui de nous allait cette émotion délicieuse, peut-être à notre double jeunesse simplement. Mais nous avions résolu de laisser chez elle une gerbe de fleurs de son pays. Nous demandâmes l'adresse au garçon qui servait d'habitude notre table, un jeune mâle aux lignes insinuantes, façonné comme un éphèbe grec, et que mon ami avait surnommé *le Pérugin* en mémoire des beaux visages d'adolescents du maître de Raphaël. Il l'ignorait, et comme nous insistions, il crut deviner soudain, et discrètement murmura : « Vous

voulez des *jeunes filles* ? Je pourrais vous
y conduire. » Nous fûmes atterrés. Peut-
être avait-il réellement mieux saisi que
nous la vérité de notre admiration. Et
cette ironie presque amusante nous parut quelque chose de profond. Elle évo-
qua pour nous le souvenir du jour de
ciel bleu et de rêve où nous vînmes
à Baia, le cœur empli des chants divins
de Lamartine, et où l'exquise taren-
telle nous fut dansée par trois femmes
énormes, vieilles, déformées, qui s'inju-
riaient violemment en heurtant des tam-
bourins fêlés. Sans doute ces meur-
trissures assagissent-elles l'élan de nos
désirs et rendent-elles nos rêves plus
humains ! La brève et presque banale
aventure de Palerme donne un sens caché à l'enchantement de cette cité.

Si d'ailleurs, après les premiers pas
abandonnés au hasard, on laisse s'apai-

ser au fond de soi l'enivrement d'une
vision trop lointaine, et que l'on découvre ici l'intimité des monuments et des
traditions, on reconnaîtra peu à peu —
et avec une mesure croissante à chaque
pèlerinage nouveau — quelle âme fris-
sonne sur le paysage sicilien et comment
il porte la splendeur tragique des œuvres
humaines.

L'ancienne capitale de la Sicile ne
mêlera plus alors pour nous au charme
de sa beauté l'image des Vêpres sanglantes ou de l'aventurier Garibaldi,
mais elle apparaîtra comme un centre
magnifique de l'art byzantin et arabe.

Il ne faut pourtant pas s'attarder au
Dôme, la Santa Vergine Assunta. Ori-
ginaire du douzième siècle, elle présente à l'ouest une façade toute du qua-
torzième. C'est là, dit-on, un type ac-
compli d'architecture ogivale sicilienne,

mais dans cette cathédrale massive il y
a péniblement toutes les époques et
tous les styles. Du roman, du byzantin,
quelque vague gothique, un dôme clas-
sique sans beauté, et trois nefs inté-
rieures de style corinthien modernisé et
froid. Seuls un campanile, qui compte
à peine un peu plus d'un demi-siècle, et
les deux arcades ogivales qui le rattachent au dôme, offrent quelque grâce,
et achèvent assez harmonieusement
la noble façade, sobre et sévère, du
seizième siècle qu'allonge, en perpen-
diculaire, un grave palais archiépisco-
pal. Mais toutes ces choses considéra-
bles sur cette large place où s'alignent
encore des balustrades et des statues de
saints font plutôt figure d'édifice indien
égaré sur des rivages latins, ou — d'une
critique plus juste — de quelque expo-
sition composite d'architectures inutiles

qui simulerait un essai démesuré de style féodal.

On l'oublie aisément, cette cathédrale, malgré son allure qui s'impose, si l'on entre soudain dans la Chapelle Palatine, qu'abrite le Palais Royal, du côté de la Porta Nuova. Ici, bien qu'apparaisse encore un mélange de styles, ce n'est plus l'assemblage heurté de fragments byzantins et divers, mais une intimité douce pour l'esprit et une fraîcheur pleine d'ombre transparente pour les yeux. Nous nous étonnons d'abord que cette féerie un peu folle de couleurs, que cette union étrange de pierres différentes, dont se mêlent en clarté d'aurore les resplendissements ennemis, puissent ainsi filtrer du recueillement. On y justifie le conseil de ne venir que le matin. Les marbres blancs et l'albâtre jettent des reflets laiteux sur la vivacité pénétrante des mosaïques. Leur coloris glisse dans le regard, s'y fond délicieusement, et l'on ne sent plus qu'une lumière unique, mais une lumière où toutes les nuances du prisme s'associeraient discrètement. Dans le détail, chacune de ces miniatures offre la pureté du dessin grec, et le plafond, d'où tombent des stalactites, s'image de figurines qui gardent, semble-t-il, le souvenir des miniatures persanes. C'est que, réellement, l'édifice est à la fois byzantin et musulman, comme la civilisation qui triomphait en Sicile au douzième siècle, avec les Arabes encore tout-puissants la veille, et dont il est une création.

Or, peu à peu, le recueillement prend un charme profane : il y a trop de délices pour les sens dans ces courbes un peu voluptueuses de mosquée et dans ces rayonnements, qui, troublant par-

fois la paix de l'ombre, viennent éveil-
ler des splendeurs orientales d'or et de
sang autour du sourire de quelque sainte.
Cette lumière unique elle-même s'insinue lentement comme un philtre. Le
plain-chant roulerait ici en accents de
colère, et son âme de sérénité conso-
lante se dissiperait dans ce décor pres-
tigieux ainsi que dans un exil. Le rythme
bizarre et un peu frémissant de la litur-
gie grecque s'explique quand elle s'est
développée sous des architectures semblables. Sur ces dalles l'on imaginerait
mieux les lourds tapis asiatiques où les
genoux s'enfoncent, et, enguirlandant le
caprice des multiples lampes d'or, les
roses insolentes comme des lèvres de
houris. L'art arabe, qui épanouit la floraison des arcs et des arabesques dans
l'Alhambra avant de recouvrir de chaux,
par simple convention rituelle, les mosaï-

ques byzantines à figures de Sainte-So-
phie, convient à l'espérance du ciel de
Mahomet : la gloire des élus déifie les
corps plus que les âmes, et la prédesti-
nation qui peut conduire à immortali-
ser le désir est une dérision à la foi spi-
ritualiste, environnée ici des choses hostiles. Les choses en elles-mêmes ne sont
rien, et la mystique utilise les métaux
précieux pour ses ciboires et la modu-
lation des voix pour la prière, mais c'est
l'ordre qui importe, suivant lequel les
volontés humaines les établirent, c'est
le symbole que leur groupement compose. Or l'art de cette enceinte a imprimé, autour des chrétiens agenouillés,
l'espoir d'immortalité de joies vulgaires
sur la figure même des choses qui passent. Les mosaïques pieuses participent
alors à ce paganisme simpliste, raffiné
par les visions évangéliques. Et les plus

beaux des christs byzantins eux-mêmes
n'affaiblissent-ils pas la grande signification humaine sous leur hiératisme
pompeux ou lamentable jusqu'à un pittoresque desséché ? Précisément, sans
heurt possible, le byzantin et l'arabe se
rejoignent ici, formulant un sens à peu
près unique. C'est un phénomène d'une
psychologie lucide que les Arabes reçu-
rent aisément des traditions de Byzance
le principe de leurs constructions reli-
gieuses aussi bien que profanes. Tout
l'Orient n'était-il pas renfermé déjà dans
l'esthétique de cette dernière malgré
quelque apparence, fugitive d'ailleurs,
de procédés gréco-romains ? Avec elle
il pourra vouloir transparaître sous le
roman, mais la discipline latine déga-
gera celui-ci du falbala et des formes
compliquées sans but. Une paix austère
et religieuse, comme les ordres de moi-

nes qui le développèrent, vit entre les
lignes simples et énergiques du roman
plus que dans le mirage des voûtes cha-
toyantes et félines de l'Orient.

Cette chapelle où l'on voudrait n'avoir
plus à prier et que l'on visite ainsi qu'un
musée laisse des impressions d'un art
charmant, et fait goûter la seule douceur, attendrissante mais un peu sus-
pecte, des fragilités humaines qui gardent en elles-mêmes leur confiance. Or,
quand on entre dans le pur flamboie-
ment gothique de la Sainte-Chapelle,
le premier élan est de penser à s'age-
nouiller...

L'église normande surnommée la
Martorana et San Giovanni degli Ere-
miti que couvrent sans étonnement des
coupoles rouges d'ancienne mosquée
fixe toujours davantage cette sensation.
Quel caractère prendra demain notre

émotion sur le seuil de la basilique célèbre de Monreale ?... Nous nous attar-
dons seulement au petit cloître en ruines
attenant à San Giovanni. Deux vieux
puits rongés, dans son étroite enceinte,
gardent sous le feuillage retombant la
fraîcheur des sources. Des figuiers
d'Inde, du romarin, des mimosas et des
roses y viennent au hasard. Et quand le
custode ridicule et magnifique nous a
quittés, les doubles colonnes, de leur
grâce naturelle et simple, abritent enfin,
malgré les maisons proches, sous la
voûte du ciel clair, un peu de silence et
de piété.

Le pèlerinage à ces sanctuaires, trop
étrangers à notre cœur en dépit de
leur charme ou à cause de lui plutôt,
s'achève, par un choix presque spontané,
au Musée National. C'est peut-être un
scandale de l'éprouver, mais cet édifice

m'a paru ce matin quelque frère éloigné
des autres. Nous n'avons fait que passer.
Au centre de la petite avant-cour dont
la colonnade Renaissance se vêt délicieusement de plantes agiles, un Triton
sonne d'une conque marine que soulève
l'harmonie de tout son corps. La seule
collection vraiment belle est la série des
métopes de Sélinonte, où l'on voit his-
toriquement, et sans l'âme que leur dé-
part pour l'exil a laissée sur la plage
émouvante, la logique du progrès de la
sculpture dorienne depuis l'archaïsme
des formes primitives. Il y a bien une
galerie de tableaux des peintres siciliens,
mais cela devient quelque peu indiffé-
rent auprès du souvenir enivré des villes
d'art incomparables de la Toscane ou
de l'Ombrie.

*
* *

La fin du soir est exquise.

Comme notre voiture passe vite dans
une rue de faubourg, d'un balcon une
petite fille sourit parmi des cheveux
répandus et agite vers nous une main
mutine. Charme indéfinissable et fragile
qui s'attache à l'enfance des petites
filles et que l'on ne retrouve plus sous
la beauté du lendemain. Les petites
âmes et les clairs visages que nous
avons pu aimer un jour ne chantent et
ne sourient encore au fond de nous que
si, connaissant leur mort, nous ne les
cherchons plus en des âmes et sur des
visages de femme qui portent seulement le même nom. Ainsi, quand Orphée
se retourne vers Eurydice, elle s'efface,
et sur sa lyre il ne trouve plus que des
regrets...

Le cimetière du couvent des Capucins est tout proche. Nul Palermitain n'y peut être enterré aujourd'hui, mais toute la société élégante et riche du siècle dernier y est représentée.

On descend dans des catacombes dont les voies droites se coupent régulièrement. Et c'est un spectacle prodigieux et des plus étranges. Sous la lumière un peu pâle qui tombe entre de hauts croisillons des centaines et des centaines de bières et de morts tapissent des dalles à la voûte les murs de pierre. Il y a là des cercueils de toutes les dimensions et de toutes les formes. Caisses massives comme de fantastiques colis, malles rondes ou allongées, noires ou grises, pour des voyages bizarres, sarcophages somptueux que décorent des anneaux de bronze, boîtes sombres dont un pan ouvert et grillagé laisse voir le cadavre

étendu. Et de ces cadavres, de ces sque-
lettes où la peau se colle désespérément
comme un cuir desséché et rétréci, il y
en a partout. Ils sont accrochés, debout
et en procession, aux flancs de la mu-
raille. Des grands et des petits, des
crânes énormes et des têtes d'enfants,
des demi-nudités d'une ironie affreuse
et des vêtements longs qui donnent à
ces ossements une noblesse antique.
Pas un de ces morts n'a une physionomie semblable. La chair qui s'est
atrocement ratatinée et moule les
moindres contours du crâne leur laisse
une vie muette, où l'on retrouve des
sourires, des épouvantes, des colères,
mais plus un éclair d'orgueil ou de volupté. Là est le triomphe de la mort.
D'ailleurs presque tous ont la tête incli-
née sur la poitrine. Quelques-uns gardent encore des cheveux et des barbes

dont les teintes sans nom sont une dérision lugubre. Plusieurs — puisque
ce cimetière fut pour une large part
réservé aux prêtres — se coiffent encore
de barrettes noires sur des surplis
jaunâtres ou même de quelque chapeau
de cardinal. D'autres se couvrent mysté-
rieusement de cagoules. Tous portent
sur leur cœur, ou suspendue à leurs
mains croisées comme des serres de
vautour, une étiquette qui conserve son
nom à chacune de ces caricatures. Elle
rappelle la famille et le lieu de naissance ainsi qu'aux vitrines de quelque
musée animal. Du moins les corps
empaillés ne cherchent plus à simuler la
vie que comme une forme exacte de la
nature : leurs yeux de verre et leur attitude apprêtée les rendent pareils à des
mécanismes immobiles. Les momies
elles-mêmes s'enveloppent de trop de

bandelettes et du souvenir de trop de baumes artificiels pour que, malgré les vestiges troublants parfois de leur beauté, nous ne les sentions bientôt indifférentes, et non point seulement à cause de leur sommeil millénaire. Ici rien autre que les vertus du sol et d'un air spécial, gardé par ces voûtes, n'entretient sur ces cadavres le premier instant de leur mort. Y découvrirons-nous mieux leur pensée énigmatique, et quelle fut leur vision dernière ? Est-ce un reflet de joie ou d'amertume qui dort au fond de ces yeux sous quelques paupières entr'ouvertes ? Ils regardent encore et semblent hésiter vers la lumière : leur transparence ne laisse rien deviner au delà, leur rêve qui voudrait fuir sous les cils décolorés nous est inconnu. Où sont ces morts? *Ils ont des yeux, et ne voient point. Ils ont des oreilles,*

*et n'entendent point. Ils ont des mains,
et ne touchent point.* Pourtant quelque
chose d'humain est en eux, ils survivent
du souvenir ou du regret de leur âme
dans la surprise de leur anéantissement
terrestre, immortalisé peut-être de la
sorte jusqu'au jour du Jugement. Ils
vivent très loin de nous, mais ils vivent,
comme ces anatomies étranges et dé-
sabusées dont les Primitifs fixaient
sur les rétables l'aspiration émouvante.
Des guirlandes aux fleurs d'étoffe
fanées, des couronnes desséchées de
buis sont répandues çà et là au milieu
d'eux ainsi qu'un stérile hommage des
vivants. Quelque longue écharpe noire,
écaillée, effleure en tombant des crânes
courbés et cache le nom d'une bière...
Ils ont des narines, et ne sentent point.
Par les ouvertures des cryptes une
odeur descend des jardins d'orangers.

Le souffle divin est encore sur ces
morts, mais leurs ossements faits du
limon de la terre sont aujourd'hui semblables aux idoles des nations.

Il y a la galerie vouée au repos des
vierges. Elles dorment, couchées sous
d'humbles sarcophages de verre, qui se
superposent ou se suivent. Des cous-
sins qui furent de soie blanche se creusent avec des inflexions presque tendres
sous les formes misérables de leur
cadavre. Leur front, où de tristes cheveux retombent en boucles rares, soutient la couronne d'or de la virginité.
Elles s'angélisent de robes chastes et
pareilles jadis au vêtement de gloire des
lis des champs. Mais la trame grise et
jaunie s'effiloque par le bas sur la
pâleur des pieds un peu crispés. Les
longs plis droits et cassés couvrent
d'une pureté idéale le mol affaissement

de la couche et cette chair pour toujours
apaisée sans que l'amour l'ait jamais
fait fleurir. Les jeunes filles de quinze
ans qui naquirent au bord du golfe
bleu rêvent-elles encore aux printemps
de la Sicile ? Quelques-unes, de leurs
mains jointes, allongent les trois doigts
mystiques. Celle-là, qui garde une ombre
de beauté sur l'ovale fin de son visage,
semble, avec sa bouche atroce qui
s'ouvre, aboyer de colère vers des illusions en allées. Est-elle moins ironique
dans son geste avorté que la matrone
enceinte dont les vitrines de Pompéi
exposent le ventre moulé par la lave ?
Sous ces voûtes, par les soupiraux
ouverts sur la ville enchantée, les brises
des nuits tièdes, chargées de parfums
lourds et de musique, pourront mener
le murmure de leur nostalgie jusqu'au
front couronné des vierges mortes :

Des vierges aux beaux yeux passent, et le soir tombe :
Aimons-les, nous serons plus calmes dans la tombe...

Les vers admirables de Jules Tellier,
ce noble Latin mort trop jeune, chantent parmi l'ombre qui descend. Les
bouquets flétris qui traînent sur les
tuniques pâles font songer à la coquet-
terie des femmes. Or dans ce cimetière
la mémoire voluptueuse de la cité des
vivants rétablit une pure sagesse. Devant la réalité, seule vivante, d'une vie
suprême, où viennent finir les plus adorables de nos chimères, tout l'artificiel
de nos sensations, tout le lyrisme romantique se dissoud peu à peu, comme un
mirage dont nous nous serions complu
d'abord à savourer l'illusion amère
justement parce que nous la savions
irréelle. Mais ainsi nous avions pu nous
isoler des invites profanes, et de ces
tombes maintenant nous sortirons plus

calmes. Les contrastes trop violents
dont tout à l'heure nous jouissions ne
sont en définitive qu'une harmonie et
donc une force. Sur ces vierges, qu'ironiquement nous aurions appelées par
le verbe passionné du Cantique des
Cantiques, la paix du soir repose, où,
le long des galeries voisines, glisse
pour nous, par une évocation irrésistible, la prière de tant de prêtres aux
vêtements liturgiques. *O mors et vita !...*
Quand nous sortons, ces morts, à cause
du crépuscule, ne sont plus que des
fantômes. Sur la tapisserie émouvante
la dégradation de la lumière détache
des gestes ou des visages blêmes. Et
tous ils semblent se mettre en route
derrière nous pour les rites de quelque
office nocturne.

*
* *

Un tramway électrique gravit des
pentes hérissées de cactus jusqu'à Monreale. C'est une petite ville, au flanc
de la montagne, à sept kilomètres en
arrière de Palerme : les regards de ses
maisons plongent sur les fouillis ver-
doyants de la Conca d'Oro, sur l'enchevêtrement lointain de la grande cité, sa
sœur, et sur la mer. Et tout de suite, si
l'on remet à plus tard son admiration
du paysage, la cathédrale attire, plus
fascinatrice qu'impérieuse.

Sa façade, qui tient du mauresque et
du roman, affiche d'abord une austérité
un peu lourde, qui n'a pas assez d'âme.
Mais à l'intérieur vous surprend aussitôt l'éblouissement très doux de la chapelle Palatine. Seulement les proportions ici sont immenses, et l'impression

y prendra un caractère plus certain,
rendue moins équivoque et moins es-
clave que sous l'étreinte enveloppante
des murailles trop proches de là-bas.
Trois nefs s'allongent superbement, et
les dix-huit colonnes de granit oriental
qui soutiennent vers le chœur étincelant la procession chatoyante des mosaïques ont une beauté enivrante. Car
ici encore un charme tombe sur vous
avec la fraîcheur de cette ombre remplie
d'une poussière lumineuse. Partout des
mosaïques et de l'or, puis des sarcophages de marbre et de porphyre, et des
portes en bois ciselé. Il y a des cha-
pelles qui sont des merveilles de sculp-
tures en fleur. Le plafond, de son coloris vif et nuancé, laisse pleuvoir de la
vie, de la gaieté même. C'est un peu
chargé, ce n'est jamais de mauvais goût.
Et du porche jusqu'à l'abside, quand

l'église s'étend dans sa pleine longueur,
on éprouve la sensation d'une grande et
très curieuse chose. Même ce chœur et
cette abside ne sont pas sans magnificence, qui reculent par quatre degrés
successifs, se rétrécissant à mesure jusqu'à la figure inattendue et colossale du
Rédempteur, dont la mosaïque splen-
dide éclate au sommet extrême de la
voûte comme une fleur énorme. Le regard de ce Christ, à l'allure byzantine
avec sa barbe allongée, son vêtement
trop riche, son auréole compliquée, possède un moment, de son amplitude démesurée mais impressionnante, toute
la cathédrale. Elle est bien ainsi le plus
beau peut-être des types de l'architecture normande en Sicile. Car si les rois
normands l'élevèrent vers la fin du
douzième siècle, il y a en elle du sarra-
sin et du byzantin — du byzantin des

Comnène. Nous aurions pu croire que
la chapelle Palatine avait dérouté nos
âmes, dressées aux fortes disciplines
occidentales, par l'ensorcellement de ses
lumières et de sa couleur. Mais nous
sentons trop bien ici, auprès de ce symbole plus large de l'Orient, que ces
lignes architecturales n'ont pas jailli
spontanément du plus profond de la foi
chrétienne, et seulement que les hommes,
les ayant héritées surtout des civilisations théogoniques d'Asie, essayèrent
de les assouplir vers elle. On peut prier
partout — et telle est l'incomparable
souveraineté de ce Dieu unique ; mais
les rares formes de la nature doivent
être choisies, qui peuvent d'elles-mêmes
entreprendre un hommage divin et
d'abord, et sur toutes choses, abriter le
recueillement des âmes loin de la sug-
gestion des siècles. Dieu jadis nomma

de sa propre voix les matériaux bruts
de l'Arche d'alliance. C'est dans le silence des ogives et des cintres courbés
sous la règle des Ordres médiévaux, et
se suffisant à eux-mêmes, que nous trou-
vons encore un asile aux misères de
notre cœur. Tout art véritable garde en
la beauté réelle qu'il exprime une force
sûre d'élévation. Mais il doit être con-
templé avec une intelligence calme qui
sous l'émoi de la sensibilité perçoit la
part d'idéal, le pur froment qui fortifie
dans le champ possible de sénevé. Or, si
l'esprit est douteur et la chair douloureuse, pourra-t-on réfugier son désir
d'être rassasié d'amour infini et viendra-
t-on crier son *De profundis* sous la
tentation mal transformée des images
troubles qui retiennent à la terre ? Il
faut pour de tels instants la confiance
en une beauté presque divine ; on n'a

6

plus le courage habile à reconnaître la
vérité qui est dans l'autre, on ne se connaît plus soi-même et l'on va céder au
seul charme périssable.

Quoique en un sens différent, ce fut
peut-être aussi l'erreur de la Renaissance de n'avoir pas senti, dans son
réveil magnifique de la grande idée humaine de l'antiquité, qu'à la prière chrétienne dont la force est dans le cœur
convenait mieux la simplicité des arceaux d'un oratoire que les dômes prodigieux d'où quelque Jéhovah olympien
vous écrase. Si par un inévitable bonheur elle innova, parce que les condi-
tions antiques, elles, ne ressuscitaient
point, elle crut pourtant trop aisé de
faire contenir quinze siècles de christianisme entre des murailles imitées de
l'édifice païen. Celui-ci certes réalisait
avec une maîtrise esthétique qui ne fut

plus atteinte les vertus de la raison,
mais était-il préparé pour l'assemblée
des âmes de l'ère prochaine ? Toutefois
son humanisme, en édifiant la valeur
de l'humanité, l'annonçait, comme le
péripatétisme préssentait la scolastique,
dont on a voulu faire un pur monument
de dialectique quand cette dernière n'est
en elle que l'armature nécessaire de
l'amour. Et c'est pourquoi l'Église,
soucieuse d'un sûr développement du
cœur humain, a salué dans la Renaissance la muse désorientée d'une philosophie éternelle, et une révélatrice de
la beauté, même sous ses formes matérielles, dont le cœur a besoin, — car les
iconoclastes furent toujours des héréti-
ques. La Réforme, elle, en étouffant le
sentiment et en ramenant par un contraste la raison universelle au libre sens
particulier, formula l'impuissance à

comprendre la Renaissance et la disposition logique à un paganisme étroitement sensuel. Seulement l'impulsion générale vers le culte de l'art et de l'ordre dans tous les domaines de l'intelligence, que le catholicisme sut favoriser et diriger, reste infiniment plus intéressante que les effets directs de cette impulsion dans l'architecture religieuse elle-même. La sévérité romane ou l'élan gothique ne sont qu'un développement immobilisé de l'âme. Saint-Pierre de Rome est un palais majestueux de la religion, et si nous y apportons un esprit consolé, nous y admirons le triomphe solennel du catholicisme dans la splendeur de son ordre parfait et de sa domination immortelle. Sous sa coupole peuvent grandir la terreur du *Dies iræ* ou la gloire du *Te Deum*, les mêmes chants qui émeuvent le *Moïse* de

San-Pietro-in-Vincoli et les visages sur-
humains du *Jugement dernier*. Mais il
ne faut point y conduire une détresse,
elle y demeurerait perdue et n'enten-
drait point son Dieu trop lointain dans
cette solitude trop enclose des rêves
luxueux des Gentils. Les supplications
tendres de l'*Imitation* rendraient froide
et insensible cette somptuosité : bien
plus, leur mépris extrême de la vie s'y
justifierait chez des âmes faibles jusqu'à la révolte ou au nirvâna. Rappe-
lons-nous plutôt tant de Vierges indul-
gentes des peintres du Quattrocento,
et d'ailleurs songeons que, bien avant
le réveil antique, le sourire des visages
et la richesse de l'ornement étaient
dans le sage naturalisme gothique. Pas
même une de ces églises espagnoles à
la décoration pourtant si aimable et si
pleine de candeur ne vaut pour se con-

fier à Dieu la nudité vivante de la pierre
de nos cathédrales de l'Ile-de-France.

Peut-être suis-je coupable de m'abandonner à cette digression sur la terre de
Sicile, qui garde trop l'empreinte byzantine pour nous livrer quelque trace volontaire de la Renaissance italienne ; mais
quand on médite sur la foi et sur les
humbles moyens de l'entretenir en nous,
— car il est aussi des voleurs, dit
l'Evangile, qui dérobent ce plus précieux de nos biens, — peut-on ne pas
comparer les divers seuils où s'age-
nouille notre adoration ? Il faut que la
règle soutienne sans l'asservir l'élan du
cœur. Or l'élan chrétien s'étouffe dans
les temples de la Renaissance, il se dissipe à Byzance parmi les éclatantes
aïeules des mosquées blanches. La
basilique demi-sarrasine de Monreale
nous plaît, nous séduit, nous enchante,

elle ne nous émeut pas profondément.
Ce Christ étincelant est emblème d'une
sorte de beauté, il ne nous attire pas.
Impression complexe certes, comme
le style même de l'édifice. Sans doute y
a-t-il ici, et plus encore dans la chapelle
Palatine, une intimité délicieuse. Cette
intimité manque de prière sincère.

Quand au retour nous suivons les
nefs latérales, des confessionnaux ouverts élèvent leurs petites coupoles de
bois sombre, toutes semblables au cas-
que de quelque soldat de Saladin. Sur
la grande place, à l'ouest, une porte de
bronze, très belle, offre des bas-reliefs
de Bonanno Pisano.

Au bord de cette même place, attenant à la cathédrale dont il est contem-
porain, s'ouvre l'ancien couvent des Bé-
nédictins. Le cloître seul a subsisté de
la lointaine époque. On y retrouve du

roman, et de l'arabe surtout : quelque
mosquée encore, que les Normands
auraient transformée en monastère
oriental. Deux cent seize colonnes accou-
plées répandent en cadence la grâce des
ogives lancéolées. Le cloître est vaste,
et la conservation admirable de son
noble mouvement remplit sa solitude
d'histoire. L'enclos porte simplement
une herbe épaisse, où de rares aloès
affirment la sobre énergie de leur feuille
sévère. A l'un des angles, projetant sur
le jardin désert la colonnade souple qui
l'enveloppe, une fontaine arabe s'isole
à peine du cloître. Elle s'ouvre en un
relief délicat sur la régularité des arceaux. Une eau fraîche coule dans sa
vasque. Tout cela est d'un charme infini. Le marbre et des chapiteaux cise-
lés font l'élégance suprême des colonnes : aucune d'elles n'est pareille à

sa voisine. Presque toutes pourtant
fleurissent en acanthe. Presque toutes
aussi étaient revêtues, jadis, de mosaïques lumineuses, dont elles gardent
le souvenir sur les dessins exquis de
leurs contours ; à peine quelques-unes
retiennent la merveille du coloris ancien. On s'imagine ce que devait être
cet enclos bénédictin quand le soleil
de Sicile jetait son éblouissement sur
l'or et sur les émaux dont se paraient
ces innombrables sœurs sveltes et
rieuses. L'ombre du soir alors était sans
doute elle-même une joie. Puis les Espagnols vinrent qui dépouillèrent brutalement les colonnes. Or de cette mu-
tilation qui paraissait une violence de
Vandales le cloître de Monreale a gardé
une sérénité religieuse achevée, la paix
profonde d'un recueillement sûr. Ce
qu'il y avait de trop oriental a justement

disparu ici. Nous pouvons regretter la
fête des couleurs que chaque jour du
printemps et de l'été célébrait sur cette
terre monastique : nous regrettons ainsi
le miroitement des ciels illusoires quand
nous cheminons humblement par les
sentiers uniformes de la vie. Ces colonnes défilaient autrefois comme les
plus belles tentations humaines, elles
montent maintenant dans la même envo-
lée mystique de la sagesse désabusée.
Encore le murmure de cette fontaine
arabe et les parfums échappés de la
Conca d'Oro sont pareils à un frémissement de la chair au bord de l'âme en
extase. Mais elles enseignent de la sorte
que la plus noble vie spirituelle ne doit
s'endormir dans la confiance présomp-
tueuse du cœur... Une lumière blonde
et discrète, dont on ne pourrait deviner
la source, submerge, ce soir, d'une

douceur sans séductions ni menaces
l'architecture sereine. Quand, assis du
côté de la mer, on laisse s'éloigner son
regard au delà des nervures simples des
ogives, la tour de la cathédrale revêt
une noblesse de pur roman alors qu'elle
se profile isolée sur l'écran bleu sombre
de la montagne.

Quelques rues de Monreale, aux
vieilles maisons, ont le pittoresque na-
politain. Des places sont désertes où
coulent des fontaines et s'élargissent des
palmiers. Aux carrefours souvent des
enfants en troupe s'ébattent et jouent
avec des cris. Comme nous passons à
nouveau près de l'église, un prêtre en
sort en surplis et le manteau croisé sur
la poitrine, précédé d'un enfant de chœur
qui agite une clochette. Les passants
s'agenouillent. Cela se fait simplement,
et c'est alors que les décors orientaux

paraissent vains autour de cet humble
geste d'une foi profonde.

Un enfant nous a suivis jusqu'au
tramway, un étrange petit garçon avec
des yeux noirs immenses et adorables,
aux cheveux touffus, au teint brun, et sur
les lèvres un sourire d'une grâce féminine un peu perverse. Il demande l'au-
mône par une attitude qui provoque
plus qu'elle ne supplie. Le murmure
de sa voix a conscience, dans ce paysage,
de glisser comme une caresse. Aisément il s'apellerait Corydon ou Thyrsis,
mais au trouble de son regard se devine
le raffinement possible de déchoir d'une
dignité humaine divinement acquise
depuis les temps de l'idylle antique.

Sur la plate-forme du tram nous ren-
controns un homme énorme et rasé. Il
sait quelques mots français. Et quand
il nous a entendus, il engage une con-

versation bizarre par cette question admirative :

— Connaissez-vous Paul Pons ?

A notre stupéfaction évidente, il réitère :

— Paul Pons, le lutteur français ?

— Ah ! parfaitement !

Et nous nous rappelons la physionomie et surtout le galbe de notre interlocuteur aperçu dans le triomphe d'une lutte, la veille au soir, au Polytheama de Palerme. Ainsi, hors des frontières, chaque étranger n'apparaît sans doute aux indigènes que comme un reflet des choses diverses qui leur semblent tour à tour dominantes dans les vertus de cette nation étrangère. Ce lutteur rend à sa manière un hommage à l'unité française.

De l'étroite voie ferrée qui dévale, nous voyons un soir resplendissant se cou-

cher sur la Conca d'Oro. Rappel des
brumes légères et lointaines de l'après-
midi, à peine un peu de fumée transparente soulève encore les fils d'une
toile sans fin de la Vierge des formes
certaines de quelque suave colline. Palerme est toute blanche, et la mer
s'ouvre au delà avec les apparences d'un
lac violet. Ses reflets d'améthyste ne
l'endorment pas cependant sous quelque
confusion mensongère, ainsi que les
vagues étangs qui dans le cœur de
Thulé figurent les sources immobiles
de la mélancolie. La mer connaît son
éclat et sa limite. Maintenant la lumière
atteint la plus obscure des choses. Au
fond de la conque c'est un tumulte éche-
velé de végétations passionnées. Claires
ou graves, jeunes et austères, délicieuses
ou méchantes, elles se mêlent, se per-
dent en elles toutes, et c'est comme un

élan enthousiaste de joie et d'amour.
Néfliers du Japon et citronniers, orangers, aloès et cactus, figuiers d'Inde
hostiles ou lauriers-roses tendres, ils
s'unissent, s'enveloppent et remplissent de leur ardeur magnifique l'étreinte
des collines. Or tout cela est arrêté. Pas
même un souffle ne frémit sur les
feuilles. Seulement l'air tiède et saturé
de parfums est si pénétrant, s'insinue
avec tant de certitude dans la chair et
jusque dans le cœur qu'il semble lui
aussi se mouvoir, comme une brise
lente. Notre corps subit une endosmose
de printemps. L'odeur enivrante qu'il
aspire refoule l'âme au dehors, et c'est
encore une angoisse ravie qui jaillit de
cet équilibre impossible entre la matière
qui séduit et l'esprit qu'elle égare. L'abri
du cloître de Monreale prend déjà dans
notre souvenir un relief saisissant.

La blancheur de quelques maisons minuscules troue l'abîme de verdure, et plus près de nous des fruits mordorés brillent comme les pommes d'or du jardin des Hespérides. Nous traversons les faubourgs, où toutes les femmes en jupes claires sont assises sur les balcons, le dos tourné à la rue ; les luminosités qui les drapent et leurs cheveux nus rendent plus désirables les visages ignorés. Un orgue de Barbarie, empanaché comme un mulet de *carro*, joue langoureusement dans la poussière qui étincelle... A l'entrée de la nuit les lueurs des bâtiments qui passent se mêleront aux reflets purs des étoiles sur le golfe, et nous les regarderons comme hier, comme chaque soir, couchés sur les terrasses de Palerme.

IV

AU TEMPLE DE SÉGESTE

Quand, au sortir de Palerme, elle a
longé la masse fauve du Pellegrino, la
voie ferrée se rapproche soudain de la
mer, qui s'étend vers la droite, immobile et alanguie sous la caresse chaude
de ce matin. Les golfes que nous contournons ont des courbes parfaites, pareilles à celles que traçait le port rythmé
des Choéphores. Une volupté, sûre de
son bonheur, vit dans ces formes pleines,
arrondies comme des flancs harmonieux.
Elle naît de la plénitude de vie que ces

7

lignes retiennent. La mer ne dissipe
point son effort parmi les eaux grises et
mortes de marais perdus, mais la rive
de sable blanc qui l'approfondit en modèle l'azur immuable et caressant. Ainsi
l'émotion s'épure d'attendre sa force de
ses limites mêmes, et l'ardeur qui tombe
de ce ciel s'apaise sur les golfes de Sicile en une infinie tendresse.

Les montagnes, entre lesquelles se
courbe la mer, sont violettes ou orangées,
selon les côtés successifs que notre ligne en découvre. Dans la douceur de
chaque baie, de petits villages blancs
sont éparpillés au bord de l'eau verte.
Leurs terrasses orientales luisent au
soleil. Après l'Isola delle Femine, voici
l'ancienne Hyccara, où Laïs enfant, chaque jour, dut abandonner son inquiète
beauté de vierge à la sourde passion des
vagues molles et tièdes. Puis le golfe

de Castellamare. Nous nous détournons
de la mer, et peu après c'est Alcamo-
Calatafimi.

Nous descendons. Ce n'est qu'une station, pas une maison de village, et le
temple de Ségeste est invisible. Nous
voilà pris au dépourvu, et si nous voulons une voiture, il nous faut rejoindre
Alcamo, perchée assez loin de la gare,
dans la montagne, du côté opposé à notre
excursion. Nous devons nous décider :
nous escaladons une étroite diligence
à la caisse jaune — comme toutes les
diligence du monde — et qui se balance
et grince sous la pesée des sept ou huit
voyageurs dont pas un, en dehors de
nous, n'entend le français. Voyage pittoresque certes, mais inquiétant sur ce
long chemin désert, qui grimpe péniblement vers une orientation inconnue. Et
nos compagnons sont si peu intéressants !

Le fade vis-à-vis d'une petite bourgeoise,
qui est de Sicile et de partout, et dont un
lorgnon béat achève d'éteindre la figure
quelconque, nous fait échanger des ré-
flexions désespérées. Enfin nous atteignons Alcamo : nous voici sur la place
du Dôme l'objet d'une notable curiosité.
Il faut parlementer avec énergie pour
obtenir une voiture ; et ce n'est pas sans
soulagement que nous pouvons quitter,
au début d'une après-midi chaude, cette
petite ville si provinciale, où le passage
d'un rare étranger garnit de spectateurs
chaque porte.

Nous avons dévalé le long d'un autre
chemin, coupé la voie ferrée ; et la route
que nous suivons monte doucement dans
un large décor de montagnes nues et
menaçantes, où nous disposons quelques
souvenirs de brigands. Notre cocher
s'arrête au bord d'une petite prairie qui

baigne dans un cours d'eau, l'antique
Scamandre; puis, croisant ses mains
autour des lèvres, il pousse de longs
appels qui résonnent. Un homme sort
alors d'une maisonnette isolée, et vient
bientôt vers nous, conduisant un maigre
cheval blanc et un âne. C'est le guide,
figure ronde et rasée, plissée dans le
coin des yeux, couronnée d'un bonnet qui
descend sur le front bas.

Au delà du gué, où l'eau claire glisse
avec un bruissement entre les pierres,
notre sentier aborde en oblique le flanc
droit d'une montagne, par qui une part
de l'horizon nous est dérobée. Soudain
le versant s'est déprimé vers la gauche,
et devant nous, déployant sur le fond du
ciel la lente gravité de ses sommets
lourds et confondus, un cirque de montagnes couronne la pente qui s'exagère.
En avant, sur l'étroit plateau que les

courbes extrêmes du cirque enveloppent, un temple se dresse, immobile et
seul. Rien ne vit dans le paysage profond et désert. Mais sur la teinte sauvage des rochers arides les colonnes
dessinent en lignes grises l'esquisse
immuable d'un ordre. Ce n'est d'abord,
à ce premier regard qui monte vers lui,
qu'une forme précise, mais diminuée,
perdue comme un tronçon ciselé de
pierre sur l'arène d'un amphithéâtre
abandonné. Et déjà pourtant il s'affirme,
ainsi qu'une chose unique et complète;
la grisaille qui dort sur la terre et les
roches d'alentour ne peut confondre son
geste sobre qui la divise. Geste immobile, fixé dans la certitude de tracer une
vérité éternelle. Lui seul maintenant est
pour nous dans le paysage. Ses colonnes
nous apparaissent groupées selon une
symétrie que nul caprice n'interrompt,

elles montent, amassant une force qui
jaillit presque de la terre, sans le vain
secours d'une base pour l'assurer ; on
les dirait penchées l'une près de l'autre, dans un mutuel effort ou dans un
mutuel amour vers le fronton, qui ne
pèse sur aucune mais pose sur toutes
son harmonie. Peu à peu le temple
grandit, et ce n'est pas seulement parce
que nous nous rapprochons. Mais la
pensée qu'il nous impose, qu'il éternise
dans cette solitude, envahit la terre et
le ciel, les ravins qui rampent autour de
sa sérénité et les montagnes qui regardent vers lui. Nos yeux sont pleins de
sa forme pure. Nous ne comprenons
que par lui, une large émotion humaine
rythme les battements de notre cœur.
L'ivresse profonde et mesurée s'élève
avec nous sur la pente. Elle connaît
maintenant les moindres contours de la

beauté, et ces contours simples et pareils ne chantent rien autre que l'unité nécessaire, qui joint leurs accents perdus en une symphonie immortelle.

Avant de traverser le ravin qui nous en sépare, nous nous sommes arrêtés, face au temple, éloignés encore du contact vivant de ses pierres. Il est droit et inébranlable sur ce sol qui ondule et dévale près de lui. Il semble posséder cette colline et y asseoir une dignité humaine. Le toit qui recouvrait jadis les autels de Cérès (j'aimerais mieux la nommer Déméter, sans ignorer que les Élymiens peut-être fondèrent Ségeste), et ces autels eux-mêmes ont croulé : leurs nobles débris sont dispersés parmi les pierres brutes de la montagne. Mais rien maintenant n'étouffe plus l'élan magnifique de la colonnade isolée. Ses sommets, qui portent dans le ciel des

chapiteaux réguliers, disposent les assises immuables où s'appuiera la con-
quête de l'unique idéal. La nature subit
ici la discipline que lui imposa l'homme,
et ses lignes incertaines sont contenues
et fixées dans l'encadrement qui les
asservit. Elles reçoivent ainsi le pouvoir
de participer à l'ordre total, et l'incli-
naison tourmentée d'une pente devient
entre deux colonnes l'instant émouvant
d'une ascension éternelle. Les ivresses
du cœur soutiennent l'effort de toute
une vie, quand la raison désigne la
route où se précipitera leur violence.
Le murmure de la passion croît et dé-
croît selon l'inflexion du motif unique
que l'intelligence en compose. De toute
une ville primitive, qui fut illustre, seul
le temple est demeuré. Les ruines de la
cité qui l'honorait n'entourent même
plus son parvis. Depuis des âges loin-

tains il règne sur la solitude et le silence,
et seuls la solitude et le silence le com-
prennent. Ce n'est point le culte de divi-
nités particulières qu'il perpétue, maintenant qu'il ne connaît plus la douceur
des guirlandes de roses et le frôlement
des prêtresses blanches. Abandonné,
vide désormais des illusions que les
hommes y avaient abritées, étranger
parmi les pèlerins qui viennent rôder
encore autour de son souvenir, il se sur-
vit à lui-même. Sa fierté mélancolique
s'élève sur l'oubli des religions trop
humaines et des cités qui croyaient à
la gloire sans fin. A la fois elle exprime
l'anéantissement des races qui le conçu-
rent et l'immortalité de l'intelligence.
Le temple de Cérès soutient mieux la
vérité quand il est en ruines. Il humilie
ceux-là qui l'aimèrent trop, et l'avaient
fait pour l'éternité, sans savoir que sa

première beauté était périssable et que
seul demeurerait d'elle un symbole de
l'ordre qui ne peut mourir. C'est aujour-
d'hui dans ce désert qu'il réalise une
perfection, et que, dépouillé des vestiges
étroits de l'orgueil, il tend ses supplications magnifiques vers le ciel qui le
complète. S'il ne fut jamais achevé
d'ailleurs, comme nous en avertissent
nos archéologues, tant d'oubli l'achève
mieux que le labeur même de ces peuples, étrangers encore à la dernière
vérité. Les dieux sont morts et les
hommes sont passés. Cette raison qui
vit ici, dominant la nature, mais aspi-
rant aux profondeurs infinies, éclaire
toute la vie.

Une immense tristesse traîne dans le
paysage, mais une tristesse qui vivifie,
et toute chose s'enveloppe d'énergique
douceur. Nul désespoir ne trouble la

confiance de cette terre antique qui a souffert mais qui sait. Et les corbeaux, dont le vol noir s'alourdit autour des architraves, jettent en vain sous ce ciel pur leurs cris rauques d'angoisse. Un soleil paisible maintenant illumine sans éclat le cirque des montagnes, et des vallons voisins une odeur de foin coupé monte jusqu'à nous.

Nous atteignons l'autre bord du ravin, nous voici sur le plateau, où nos montures sont laissées à quelques pas du temple. Lentement nous faisons le tour de la colonnade. Nous ne franchissons pas encore le parvis. Les soubassements larges en élèvent le niveau, et disposent l'accès plus haut que le sol et les vulgarités coutumières. Des fragments mutilés sont ensevelis dans l'herbe. Assis à présent en arrière du temple, dans un angle d'où nous pou-

vons découvrir tout son développement,
nous en contemplons les divers instants, beaux comme les vierges enla-
cées des processions panathéniennes ou
les chants d'épopées antiques. Les colonnes, que de loin nous avions cru
presque associées dans un unique mouvement, se dressent près de nous, avec
le relief vigoureux de leurs formes doriques. Une à une elles se suivent,
semblables mais isolées, immuablement
distantes par le même espace d'azur
Depuis des siècles elles se cherchent
ainsi que des sœurs, mais l'appel qui
monte de leur geste vibrant ne les rapproche jamais. Chacune fait sa tâche
éternelle sur l'humble carré de pierre
où l'ordre fixa sa destinée. Mais là son
élan s'idéalise de toute la force d'une
impérissable jeunesse, et la détresse
de sa solitude s'achève en un immense

espoir. Six d'entre elles perpétuent
une mission de choix : elles élèvent
comme autant de bras aux lignes sobres
le fronton du temple. Ce triangle régulier est une image de l'ordre souve-
rain, il n'embrasse dans ses limites
qu'un pan de l'horizon, mais il donne
le pouvoir d'en définir et d'en comprendre peu à peu la totalité : sur le
seuil qu'a foulé le paganisme il propose
toujours un modèle à la vie qui va vers
Dieu. Les colonnes s'amincissent tandis
qu'elles tendent au fronton, elles l'attei-
gnent plus légères, triomphantes de
leur peine à soutenir la beauté et à joindre enfin leurs fronts fraternels sous le
fier bandeau de l'architrave.

Nous avons pénétré dans le temple ;
silencieux, nous en suivons le pourtour.
L'herbe croît sur le sol qu'arrosèrent
les libations sacrées et où des lèvres

humaines baisaient pieusement la poussière de leurs illusions. La lumière est
si doucement pénétrante que les colonnes allongent à peine des fantômes
d'ombre : leur réalité survivante est
limpide comme la vérité. Je me suis
appuyé à l'une d'elles, et j'ai cru qu'elle
vibrait sous mes doigts. Un instant
nous fûmes unis, et j'ai recueilli en
moi la plénitude de sa force. Si je n'eus
point alors vers elle le geste passionné
de Maurras à la première des Pro-
pylées, peut-être est-ce que j'ai craint
de l'aimer trop pour elle-même ou plus
encore d'éprouver, sous le baiser à la
pierre froide et meurtrie, la fuite de
mon enchantement, quand cette chose
serait reconnue insensible. Mais, soutenu par elle, j'ai regardé l'horizon vers
le point d'où nous sommes venus : il
s'élargit sans bornes perceptibles, et

descendant des degrés du temple le
long des vastes pentes que nous avons
gravies, le paysage se relève au loin sur
les montagnes où se cache Alcamo.
Étendue solitaire, pleine d'une grandeur
sauvage, mais non barbare, et dont les
fûts de calcaire classent pour mon
regard les nobles fragments. Sur ma
droite fuit une vallée profonde.

Il est trop tard maintenant pour que
nous puissions escalader les flancs voisins du Monte Barbaro et nous asseoir
sur les gradins en ruines du théâtre de
Ségeste, d'où l'on aperçoit, paraît-il, la
ligne extrême de la mer. Le temple et
le théâtre ont seuls survécu et ne con-
naîtront jamais leur amitié.

Nous sommes redescendus, nous
tournant parfois sur le sentier vers la
silhouette admirable qui s'estompe.
L'émotion poignante d'un adieu nous

accompagne en silence... Quand nous quittons notre guide, des femmes nous donnent à boire dans des cruches brunes. Et notre voiture nous reprend. A un détour de la route nous avons une dernière fois aperçu le temple que ce matin nous ne songions pas à distinguer. Il est lointain, ses teintes sont atténuées, et pourtant il reste lui-même encore : il est de ces choses que l'éloignement diminue peu à peu mais dont il ne fait jamais une confusion. Nous le voyons disparaître dans son abandon. Bientôt il demeurera seul avec la nuit, et les corbeaux doivent toujours frôler ses colonnes.

A la halte dite des Ruines, où cette fois nous nous arrêtons, des paysans passent, revenant des champs, droits sur leurs ânes qui se suivent à petits pas pressés. Ils portent dignement la

8

main à leur bonnet loutre, et nous
saluent. Des enfants jouent dans les
fossés du chemin. On dirait que la
clarté du jour est suspendue sur la
vallée... Mais le train emporte maintenant vers Palerme un souvenir qui se
fixe au fond de nous, quand, à notre
passage, les aloès plus sombres et les
géraniums en fleurs se recueillent dans
les ombres légères du soir qui tombe.

V

SUR LES RUINES D'AGRIGENTE

De l'escarpement inutile qui descend,
portant des ruines, jusqu'à la mer lointaine, la tristesse des carrefours misérables de la moderne Agrigente domine
les ombres éternelles de son passé. Elle
se souvient que Pindare l'avait célébrée
comme la plus belle cité des mortels, et
elle presse ses pauvres maisons sans
beauté en arrière de la terre antique,
afin que nulle indifférence ne profane
le sommeil des souvenirs sous la veillée
fidèle des oliviers. Sur les hauteurs où

s'est fixé son rêve elle garde seulement
le bonheur amer de contempler sans fin
les derniers gestes figés de sa mort, et
de désirer vainement la caresse inacces-
sible de la mer. La vie fragile qu'Agrigente retient lui sert par une dérision
tragique à connaître son destin et qu'elle
n'est plus dans l'histoire des hommes
ou sur ce sol désert qu'une ombre ironique et émouvante. La couleur chaude
que laisse le soir finissant l'a vêtue des
illusions d'une passion magnifique, qui
nous la fait aimer pour son désespoir
où l'on devine — pareille ainsi à toutes
ses sœurs de Sicile — la volonté d'une
résignation prochaine.

Il faut alors descendre jusqu'aux
temples, les rechercher dans la solitude
dont les enveloppe un respect que les
hommes n'accordent qu'à une souffrance
humaine. L'instinct profond que les an-

cêtres inconnus laissèrent dans leur
sang leur fit sentir peut-être qu'à ces
pierres brisées s'attachait le symbole
des cœurs mutilés qui les aimèrent.
Quelque chose d'humain est enseveli
ici, qui par delà la mort murmure des
choses qui ne meurent pas. Sur la voie
des tombeaux de quelque cité antique
nous nous souvenons seulement qu'un
peu de poussière sacrée demeure là d'in-
dividus qui passèrent et qu'on ignore.
Mais sous le recueillement de ces ruines
sans but une douleur et une foi furent
ordonnées par une intelligence, et nous
les comprenons, dans leurs angoisses
et ses erreurs même, comme des choses
pourtant fraternelles. A Ségeste on peut
ignorer la destinée des hommes nouveaux, et les montagnes presque farou-
ches dissimulent au passé immuable les
courts instants de leurs misères et de

leurs plaisirs. Ici les hommes ont conti-
nué à s'enraciner à la même terre, mais
leur recul qu'ils ont voulu prolonge
d'une amitié plus sûre la tradition humaine commencée. Sur ces pentes aban-
données tous les siècles s'appellent du
même geste.

On reconnaît de loin les temples, mais
parce qu'ils n'appuient pas, comme à
Ségeste, leur symbole clair à quelque
sombre désordre de la nature, et que
l'on y découvre du parvis l'approche ti-
mide du présent, ils semblent vouloir
pour l'accueil envelopper d'une réserve
hautaine l'étroit plateau où leur volonté
paisible se soulève. Deux d'entre eux se
suivent sur la même ligne parallèle à
l'horizon de la mer, et celui qui domine
l'autre n'est plus qu'une colonnade brisée. Seul le temple de la Concorde, depuis le cinquième siècle, garde au-des-

sus des mêmes assises l'austère sérénité des mêmes architraves : pas une
pierre ne s'est détachée qui pût rompre
ses formes harmonieuses, et dans les
nobles cannelures de ses colonnes doriques le temps a fait couler la lente caresse d'une lumière dorée qui s'y est en-
dormie. On croirait qu'un éternel déclin
de soleil l'illumine. Mais les quatre degrés qui s'élargissent somptueusement
autour de lui sont usés d'une semblable
vieillesse, et leurs angles meurtris se
heurtent dans l'ordre invariable. Seulement l'usure de ces pierres ne s'effrite
plus parmi l'herbe nouvelle qui croît sur
leurs bords : on la dirait interrompue,
fixée à un moment inconnu par quelque
domination souveraine qui aurait voulu
conserver aux hommes le modèle d'une
humilité sans avilissements. Peut-être
est-ce simplement que, les yeux emplis

des mêmes illusions qui nous arrêtent
confiants au milieu de la vie, nous ne
pouvons percevoir la marche continue
et secrète de la mort sur le granit et sur
la chair ? Au-dessus de nous le temple
de Junon n'est plus qu'une ruine, et
quand nous nous retournons vers l'autre
rive du ciel rouge, quatre colonnes solitaires y projettent désespérément un
entablement noir... Une ombre douce
oblique dans le temple en longues
écharpes parallèles, les colonnes s'allongent sur la plaine, où descendent en
ordre des oliviers, et sur la mer. Horizon qui s'accorde à cette harmonie,
qui sans doute l'inspira, quand les Grecs,
de leurs presqu'îles ou de leurs îles en-
chantées par un ciel certain, virent partout la mer, une mer qui ne sait point
la confusion des brumes, et dont la rare
colère, qui avait épargné Ulysse, ne

bouleversa un jour l'horizon que pour
les sauver de Xerxès. Rochers du Parthénon, Agrigente et Taormina, plages
de Sélinonte et de Pæstum, volontaire-
ment vous dominez cette mer ou vous
êtes couchées près d'elle, pour que dans
les yeux de ceux qui montaient ou des-
cendaient, au gré de votre pente, vers
la prière ou le plaisir, elle pût chaque
jour refléter la vision régulière d'un infini de bleu profond !...

Mais pourquoi, lorsque nous revenons
errer dans le temple, ces murs intérieurs,
dont la conservation très rare émerveille
les guides, ces colonnes qui doublent
inutilement et presque avec une gêne
la fière théorie de leurs sœurs, rétré-
cissent-elles nos élans de l'âme? Par le
petit escalier du mur de la cella nous
sommes montés jusqu'aux architraves,
et le paysage et les autres ruines nous

ont paru des choses vaines ou profanées,
quand nous les regardions de ce belvé-
dère ironique. Une anxiété nous vient
alors qui nous fait prendre notre enthou-
siasme pour un artifice de l'heure et
ramène l'idéalisme de tant de soirs
pareils de Sicile à la seule émotion
d'une chaude clarté filtrant sous nos
paupières ou d'une odeur de printemps
hésitante parmi les colonnes meurtries.
Toute notre foi dans l'Antiquité, où nous
vénérions l'effort de l'intelligence vers
l'unité de la science et de l'art, toute
notre tendresse pour les images de la
beauté qu'elle nous laissa et où nous
retrouvions dans le rythme de quelques pierres assemblées et sous le
geste simple d'un fragment de marbre
les aspirations mêmes de notre cœur,
toute notre pitié humaine pour l'ascension émouvante de l'esprit dressant lui

seul sa recherche inquiète vers le divin,
quand les fragiles bonheurs païens ne
le pouvaient plus assouvir, toutes ces
choses ne seraient donc qu'une illusion
surchargée de pensée étrangère? Des
voyageurs nouveaux pourraient ainsi
prétendre nous révéler une Grèce inconnue, et, montant sur l'Acropole
où d'autres avaient prié, y soulever
le voile qui, depuis des siècles, nous
dérobait le sourire moqueur de Minerve
pour nos admirations d'enfants soigneu-
sement élevés. Mais alors cette illusion
même, comment serait-elle un élan
factice de notre cœur ou le superficiel assemblage d'idées mensongères?
Si les Grecs n'étaient rien de ce que
nous avions cru, comment nous affir-
merions-nous leurs héritiers de choses
humaines qui font encore vivre notre
cœur et fructifier encore nos idées ?

Pourquoi, nous cherchant nous-mêmes,
retrouvons-nous soudain la trace de nos
pas sur les marches de leurs temples ou
vers le mouvement qui nous entraîne de
leurs statues? Pourquoi, hommes d'aujourd'hui, souffrons-nous et pleurons-
nous si la voix d'Eschyle ou de Sophocle
clame par delà trois mille ans la douleur et l'amour des hommes d'hier ?...
Entre ceux qui gardent un culte à l'Hellénisme beaucoup l'adorent justement dépouillé des détails passagers ou inutiles.
Qu'importe ce que furent tels noms ou
telles dates de la culture d'Athènes ou
de la vie populaire d'Agrigente puisque
Athènes et Agrigente nous émeuvent!
Et ce soir nous nous détournerons des
murs étroits qui encombrent le temple
de la Concorde pour regarder encore
s'éloigner sous la pure étreinte des
colonnes le frisson argenté des oliviers

vers l'horizon de l'immuable azur.

Nous sommes montés au temple de Junon Lacinia. Du portique qui menait triomphalement la procession de ses trente-quatre colonnes il demeure une simple rangée d'attitudes héroïques. Quelques-unes des survivantes sont découronnées, d'autres soutiennent des lambeaux de frise, mais toutes, fidèles à leur rôle essentiel, font le même geste de porter un monde, ainsi que des cariatides libérées qu'un tel effort grandirait sans fin. Et peut-être la consolation présente des dernières est-elle moins émouvante que l'abandon de leurs sœurs inutiles...

Tout près d'elles, et solitaire, un chétif olivier a ses racines. Sa beauté est de répandre la sagesse de son feuillage sur l'écroulement des choses, et lui que n'agitent point les hivers, ni les

printemps, met une amitié infinie à murmurer des promesses d'immortalité au
signe que font ces pierres qui tombent.
Mieux qu'à Ségeste, mieux surtout qu'au
temple de la Concorde, on comprend ici
qu'une colonnade en ruine ou que les
bustes des dieux dont la tête et les bras
sont brisés précisent le sens véritable
de la pensée antique, non point certes
telle qu'elle se conçut elle-même mais
telle que devait la perfectionner en logique la vérité de la vie. Nul mauvais
charme romantique ne peut être accusé
de troubler de trop de délire l'austérité
de ces lieux que seulement une douceur
sans nuances hostiles fait plus proche
de notre émotion. De ces heures passées sur les ruines d'Agrigente c'est
l'instant le plus grave et celui qui laisse
descendre aussi en nos âmes le rythme
d'un apaisement.

Nous nous sommes assis parmi les pierres tombées. Autour d'elles la tendresse des fleurs de mauve se mêle à l'énergie des acanthes, pareilles à quelque étrange jonchée de chapiteaux corinthiens entre des fragments doriques. Le soleil frôle les bords extrêmes de la terre, et derrière nous des stèles de granit rouge montent du même élan paisible dans un ciel très bleu... Soudain des sonneries lointaines de cloches traversent cette paix antique, et meurent doucement près de nous. Elles viennent comme un murmure de brise que l'on devine sans presque l'entendre, on éprouve curieusement que sur les hauteurs, là-bas, elles se succèdent vibrantes, quand elles ne sont plus ici qu'une rumeur hésitante et dispersée. La prière consolée qu'elles évoquent pour la nuit semble s'écarter inutile de

ce sol païen où des hommes ne vivent
plus. Mais peu à peu cette prière nous
enveloppe, lentement, sûre d'elle-même,
avec une confiance qui ne heurte ni les
âmes, ni les choses : un frémissement
glisse autour des colonnes et d'im-
perceptibles échos s'éveillent un à un
dans les ruines. La musique dont nous
jouissions fiévreusement dans les soirs
bleus de lune de Palerme, et demain
peut-être de Syracuse, et qui chante
les fêtes de la chair que des siècles célé-
brèrent ici, nous semblerait ce soir une
dérision plus dure que la violence d'un
barbare. La frénésie des tziganes, à
laquelle nous ne saurions résister ailleurs, insulterait à ces minutes divines,
comme ferait aux clairs échos de Lesbos ou de Corfou quelque sirène déchi-
rante des bateaux d'Islande. Mais plus
qu'à Lesbos, où des charmes intimes

peuvent enlacer l'âme prisonnière, l'air
est libre pour les élans suprêmes. Voici
que nous comprenons, avec une plénitude de joie où notre cœur et notre esprit s'harmonisent, quelle unité cette
minute réalise en nous. Les cloches
n'hésitent plus au péristyle du temple :
elles appellent maintenant avec leur sérénité sa résignation, et cette résignation devient l'espérance. Elles sont les
seules amies que de telles ruines puissent accueillir. Les fantômes des Hel-
lènes et des Latins viendront rôder à
leur voix, et leurs forces, alors dirigées
vers le sens unique, se rejoignant au
delà des tombeaux, soutiendront la
marche consolée de l'humanité... Le silence éloigne peu à peu la vision. Le
soir tombe.

Nous redescendons par la même route.
Du temple de Jupiter Olympien il reste

les fondations géantes, et plus au couchant les quatre colonnes dont nous
avions perçu la détresse perpétuent
l'amitié éternelle des Dioscures : leur
désespoir, quand on les contemple, n'est
plus qu'une fierté triste et magnifique.
Les noms des dieux morts et des demi-
dieux exilés de l'humanité s'attachent
encore çà et là à des décombres : Cérès
et Vulcain, Hercule... Puis, par la Porta
Aurea, il faut venir jusqu'aux vestiges du
temple d'Esculape, et s'acheminer alors
entre les oliviers jusqu'au Port Antique.

Nous quitterons demain Agrigente,
sans nous attarder à la médiocrité presque douloureuse de Girgenti et sans
connaître le commerce maritime, consi-
dérable d'ailleurs, de Porto Empédocle.
Que nous importe même aujourd'hui que
la primitive Acragas soit un jour devenue
l'évêché le plus riche du moyen âge

sicilien ?... Nous regagnons le plateau
où se serrent, à la gauche de la Rupe
Athenea, Girgenti et notre hôtel. Notre
cocher a des vêtements misérables sur
une silhouette de spectre, et quand il
met ses chevaux au pas il tourne vers
nous une face jaune et creusée pour
nous expliquer comment la mal'aria le
ronge. A la fontaine d'un carrefour des
porteurs d'eau disent des choses qui
chantent à des femmes qui sourient et
qui croisent sur leur poitrine des châles
ardents. Ils nous regardent passer.

Dans la ville, quelques instants encore, nous errons à pied, au milieu de
ces mêmes gens qui flânent sur toutes
les portes de Sicile... De petits enfants
nous suivaient dans les rues, et nous
parlions avec eux, sans les comprendre
parfois, pour le plaisir d'entendre des
mots très doux.

★
★ ★

Le clair de lune est assoupi sur la
plaine.

La mer recule à l'infini. Les temples
sont indistincts dans l'éloignement de
la nuit bleue. Un à un les bruits du
soir se sont apaisés, et du balcon un peu
primitif que la vieille maison de notre
hôtel dresse au bord de la ville sur le
panorama immense, nous regardons,
dépouillés de leurs apparences réelles
par cette lumière pâle, les champs où
fut Agrigente. Parfois le cri aigu et qui
se prolonge de quelqu'un de ces petits
ânes de Sicile, dont les yeux ont tant de
sagesse ou de science résignée, traverse
brusquement l'air calme et finit comme
une plainte ironique. Un autre lui a ré-
pondu de très loin. Puis sur le chemin
descendant que domine notre fenêtre des

hommes passent qui chantent avec des
voix sourdes quelque cantilène étrange,
où sans cesse le mot *amor* tressaille
comme un désir impossible, s'élève parfois comme une joie rapide, et se perd
dans la lassitude du regret. Toutes les
choses retournent ensuite au silence.
Pas un écho ne s'éveille. Tout a maintenant la même sonorité uniforme, la
même couleur, tout formule le même
symbole. Paix profonde, qui sans effort
nous inonde de pensée et de rêve avec la
clarté dont nos yeux s'emplissent doucement. Agrigente vit maintenant de la
seule vie qui lui soit permise. Durant
le jour c'était l'aspect de sa mort qui dis-
ciplinait notre cœur sous le frisson éternel. De deviner seulement sa présence
nous la sentons renaître ce soir, lorsque, sans désillusion violente, nous
pouvons disposer dans son ombre légère

et claire comme un souvenir vivant le noble passé humain dont une irrésistible tradition a fait l'intime de nos âmes. Pour une renaissance pareille le clair de lune est l'aube qui convient. Astre mort et qui vit d'une lumière étrangère, ses reflets éclairent des souvenirs.

Un rossignol chante soudain. Il est caché dans l'un des arbres dont les branches, au delà du chemin, montent immobiles vers nous. Il essaie timidement d'abord, se reprend, et redit la même note, plusieurs fois, comme un murmure. Peu à peu il paraît se griser de tant de douceur épandue autour de lui : les silences qu'il écoute dormir sur les choses, les lueurs immatérielles qui coulent sous les feuilles lui rendent un univers où son rêve se dilate, mieux encore que le sourire des roses quand il

pose au-dessus d'elles son nid. Il chante.
Pas un instant il ne cessera désormais.
Les trilles se suivent, se distancent, se
confondent, et montent jusqu'à des cris
qui ont une profondeur d'âme. C'est
de la joie et du désir, une passion
folle de volupté et quelque chose qui
ressemble à un rire amer, des éclats
de triomphe aussi, mais d'un triomphe
inassouvi et douloureux puisque le ro-
signol chante encore et que la même
fièvre le reprend. Il chantera jusqu'au
matin, et sa voix remplit la nuit immense,
unique harmonie dont toutes ces formes
d'idéal frémissent en un écho unanime.
De temps à autre seulement, et comme
un motif invariable, il soupire le mépris
de la passion et la pureté des humbles
bonheurs. Et jamais il ne peut troubler
d'une inquiétude la paix profonde. Nous
l'entendons ainsi qu'une évocation des

amours et des haines, mais dont nous
ne pourrions plus souffrir. Avec une
âme semblable nous contemplons, à
cette heure, les ruines d'Agrigente.
Tant de vie illusoire façonne insensible-
ment notre cœur après l'avoir endormi
dans son adorable mensonge. Ce soir
je ne pourrais murmurer comme Heine :
« Les rossignols ont fait bien des plaintes ;
mais ce qui réellement accablait mon
âme, ils ne te l'ont pas dit... » Je sens à
peine mon âme, et je la vois si lointaine !
L'amour est en elle — pour une minute
brève — ainsi qu'une ancienne angoisse
apaisée. Nous ne pourrions pleurer ni
sur Agrigente, ni sur nos bonheurs
finis...

Des jeunes filles sont venues sur la
terrasse qui court au-dessus de nous.
Leur insouciance rit et chante au clair
de lune quelques secondes. Elles s'en-

lacent et s'accoudent ainsi. Leurs cheveux qu'on devine très noirs se sont
mêlés. Puis elles rient encore de la nuit
heureuse et s'en vont... Le rossignol
chante toujours.

VI

PAR LES CHAMPS DE SYRACUSE

Syracuse ! Elle s'offre à nous pour
la première fois dans un des derniers
soirs de mai. Pourtant, d'elle que nous
connaissions bien avant cette heure,
depuis que nous avons aimé Théocrite
et que nous célébrions Archimède, nous
ne découvrons rien aujourd'hui. Est-
elle ensevelie ou fûmes-nous trompés ?...
De la gare nous contournons, au delà
du Petit Port, la ville moderne, qui se
tasse dans l'île étroite d'Ortygie. Et par
une route dont la blancheur qui flam-

boie tranche, par instants, sur les bords,
l'azur violent de la mer, nous nous
acheminons vers le plateau désert de
l'Achradine. Il fut, dit-on, le plus po-
puleux des quartiers de la ville antique...

Notre hôtel, frais et clair comme une
villa, est posé sur ses confins, parmi
des massifs de fleurs qui se glissent
jusqu'à ses fenêtres qu'elles enserrent.
La mer et la Syracuse blanche d'aujour-
d'hui dessinent l'horizon de ses terrasses...

C'est encore un soir de pleine lune.
Elle repose sur les jardins silencieux
et descend dans la corolle des fleurs
pâmées de lumière sous cette caresse.
Je froisse des pétales de géraniums,
tièdes et lourds, voluptueux comme une
chair assoupie. Quelle fièvre sourde
tressaille dans l'ombre de cet air si

transparent et si pur ? La paix de ces
nuits merveilleuses de Sicile me semble,
ce soir, mal dissimuler des frissons de
désir et d'angoisse. Des parfums traînent dans les souffles chauds qui ont
rôdé sur la campagne... Maintenant une
troupe misérable de trois musiciens
ambulants, avec mandolines et guitares,
offre quelque sérénade. L'un d'eux
chante. Ce sont, paraît-il, des airs du
pays, sans origine, et connus dans les
rudes montagnes de l'île. La voix est
un peu brève, usée, mais quand elle reprend le couplet, il y a dans ces mots
qu'elle dit une telle passion, et les gui-
taristes la soutiennent d'une telle violence contenue, que le chant éternel de
la douleur et de l'amour s'évoque en
elle, désespéré dans cette nuit trop
sereine encore, indifférente.

*
* *

Ce matin, nous avons décidé, avant
toute chose, une courte visite à la ville
moderne. Les rues y sont étroites et
tortueuses, souvent alourdies du ventre
grillagé des balcons espagnols. Parfois
un vieux palais ogival. Nous croisons
des femmes à mantille. A quelques carrefours c'est l'odeur étrange, tout orien-
tale, des quartiers populaires de Naples
ou de Palerme. Le Dôme présente une
façade baroque, et d'un temple de Diane
très antique il ne reste que quelques
fragments.

De cette promenade à travers ce matin pittoresque de Syracuse, la halte au
Musée est bien l'instant le plus attrayant :
non pas tant pour ses collections, riches
d'ailleurs, de vases, de lampes grecques,
de statuettes en terre cuite, ou même

d'objets sicules datant de l'âge de la
pierre, mais bien pour son admirable
Particolare della Venere Anadiomene,
la statue en marbre de Paros, découverte voici plus d'un siècle dans les
champs dépouillés de l'Achradine.

C'est la Vénus de Syracuse, dressée
nue pour être enveloppée de ce ciel,
plus léger et plus clair qu'un vêtement
flottant de lin, et que l'on a trouvée mutilée sous des ruines obscures. La tête
est brisée à la naissance des épaules.
Seul subsiste un tronçon du cou, infime
et meurtri, qui monte de la gorge pleine,
dans un élan, que l'on devine encore,
d'avoir soutenu un front volontaire,
chargé de dédain. C'est une grande et
d'abord impérieuse femme, debout sur
son carré de marbre, admirablement
belle sans doute par l'ampleur de ses
formes, mais dont les jambes vigou-

reuses sembleraient trop longues pour
le buste qu'elles portent. Elle pèse de
toute sa stature sur la jambe gauche,
presque raidie, collée étroitement contre
l'autre, qui se coude à peine en avant,
seulement appuyée à terre sur trois
doigts de son pied cambré. Ce rappro-
chement des genoux nerveux et des
cuisses voudrait dissimuler une pudeur,
mais on n'en retient que la vision du
frôlement de deux chairs blanches et
unies, qui se chercheraient dans un désir
qu'elles enserrent. Et le geste que mar-
que avec force le bras gauche, demeuré
intact, accuse davantage le trouble de
l'attitude. La main, large ouverte et
appuyée en dedans, retient sur l'aine
qu'elle comprime un peu une touffe
serrée de draperies tordues, fiévreusement plissées, qui montent du sol, en
arrière, dans un gonflement rapide

qu'ensuite le contact de la chair détend.
Ces jambes rapprochées, ce buste légè-
rement infléchi, tout ce corps ramassé,
quoique superbe de hardiesse prudente,
paraît exprimer le souhait de Vénus de
n'être point surprise ; et pourtant elle
signale mieux ainsi les courbes grasses
de sa nudité. Ce vêtement sans forme,
dont elle ramène les bords froissés en
des plis épais qui glissent sur elle de
biais seulement, au-dessous des hanches, laissant à découvert les jambes
moulées, souligne les voluptés cachées
de ce corps, dont l'ondulation à peine
sensible et fière ne semble se dérober
que dans le frémissement d'une attente.
Elle connaît l'art de retenir les voiles
favorables. Vénus n'exprime point ici la
noblesse idéale et pure en laquelle se
transforme son pouvoir passager de
femme dans l'image de Milo ; et ce n'est

10

pas non plus la si jeune et charmante
Vénus de Capoue, dont le buste s'élance
de draperies larges et chastes, en un
jet où les lignes sont d'une femme que
l'amour a connue mais où l'élan d'offrir
sa jeunesse est d'une vierge. Elle aurait
plutôt sur ce socle la perversité railleuse
de la Callipyge. Mais le geste pudique
auquel elle prétend à Syracuse affirme
moins de sincérité que chez cette dernière : elle en demeure plus vraie et
plus provocante, et trouble plus violemment peut-être les regards qui s'attardent à la deviner.

Ce n'est point en effet tout de suite
qu'on la reconnaît. Chez elle il y a lutte
entre la forme féminine idéalisée, où
nous voulûmes toujours chercher l'expression suprême de la beauté pure, et
la renaissance de la chair mal domptée
qui s'offre pour elle-même en chacun

de ses replis indifférents à l'harmonie
totale. Nous la comprenons maintenant
dans sa vérité profonde : elle devait proposer aux hommes le modèle parfait
d'une déesse, accomplie comme une colonne achevée de son temple, et pourtant, sous la lumière trop égale et dans
l'odeur chargée d'ivresse des arbres
éternellement en fleurs de ce pays, elle
a frémi ainsi qu'une simple femme.
Elle redescend aux entrailles de l'humanité, impuissante parfois à soumettre
son désir mobile à l'idée immuable
qu'elle déifie. En elle s'explique, mieux
peut-être que chez toute autre, l'unité
harmonique du génie grec en même
temps que sa diversité, la splendeur
du mythe platonicien aussi bien que la
violence intérieure des Dionysiaques.
Sa silhouette dessine, esquisse de toute
la Grèce, un volontaire élan vers l'idéal,

une recherche enthousiaste de la beauté, mais, n'étant point soutenue, elle
s'attarde et retombe à des complai-
sances païennes, qu'alors elle s'efforce
de magnifier. Car les détails sont admirables, et tels replis des hanches qui
descendent en pente douce vers la ron-
deur flexible et lisse du ventre, la si-
nuosité, voisine d'une perfection, de
deux seins dont s'affermit la courbe
énergique sur la taille souple qui se
creuse un peu, enferment les promesses
d'un bonheur sans mesure, mais rapide.
Il se consume fiévreusement auprès de
chacun des fragments, qu'il isole, d'une
beauté ramenée à la multiple expression
charnelle. Certes l'effort, presque spi-
rituel, qui se dresse pour grouper une
harmonie impérissable, se perçoit bien
le long de ce corps droit et ferme, qui
veut simuler un repos ; et l'on croirait

qu'il se réalise enfin sur ces épaules
achevées, dont le modelé, couronnant
la Vénus entière, est si pur, qu'il semble ne devoir rien attendre du fragile
secours des attitudes passionnées. Mais
la tête inconnue, dont la survivance eût
compromis sans doute, pour une vue
distraite, le symbole véritable du geste
perpétué dans ce marbre, traduit maintenant par le vide seul qu'elle lui laisse
l'arrêt impuissant d'une idée. Et cette
disproportion que l'on note, cette tenue
recherchée de l'ensemble manifestent
bien, en perversité quelque peu douloureuse, le dualisme éternel que la
Vénus de Syracuse, plus chargée peut-
être que les autres d'humanité vivante,
porte en elle avec une angoisse, discrète
d'abord. Vénus veut participer à la sagesse de Minerve, et Minerve, croyant en
sa seule force, connaît des troubles qui

l'avilissent dans l'étreinte de Vénus... La
statue d'*Anadiomene* est moins célèbre
sans nul doute que ses sœurs d'Italie ou
du Louvre, quoique du reste qualifiée
toujours d'admirable ; mais qu'importe
qu'elle nous soit présentée comme une
œuvre déjà décadente : si l'on recueille
auprès d'elle moins de charme ou moins
de grave noblesse, un enseignement sûr
peut nous venir de son inquiétude divine
que, fille des hommes, elle sait cacher
aux profanes indifférents sous le voile
des voluptés faciles.

Du musée nous sommes venus jusqu'à
la fontaine d'Aréthuse. Il faut descendre
quelques degrés pour puiser entre ses
doigts l'eau qui dort parmi les touffes
de papyrus. La nymphe que Diane a
soustraite à l'amour d'Alphée résume
ici tous les jours limpides, immobiles
aussi, d'une vie sans passion. Elle reflète

un pan de ciel et les balustres de la
terrasse dont on la protège. Seulement
quand elle distingue le frémissement de
la mer, tout proche, il semble que des
regrets pèsent sur ses eaux languissan-
tes. Et l'on vient la regarder, on se
penche vers cette rare existence qui ne
peut plus s'émouvoir.

Son adieu clôt l'excursion de ce
matin.

.·.

Un peu après midi. Les quelques
derniers touristes de la saison ont disparu vers la sieste, un ou deux s'attardent encore aux journaux du jour
dans l'ombre fraîche du salon paisible.
Je suis sorti par une porte dérobée,
découverte au hasard d'un corridor désert, et tout de suite l'ardeur du soleil
m'a pénétré comme une eau brûlante,

immobile et stagnante sur les jardins.

Tout est enveloppé, appesanti par
elle. Point d'arbres de ce côté, des arbustes seulement, groupés en massifs
luisants, et des fleurs, surtout des fleurs.
Il y en a de toutes les essences, de toutes
les teintes, de toutes les formes : les
unes sont des clochettes, et leur fixité
assoupie sonne, comme en un murmure
de rêve, la symphonie des couleurs ;
d'autres, arrondies et pesantes, roses
multiples, s'affaissent un peu sur leurs
tiges, à demi entr'ouvertes, pelotonnées
avec des yeux mi-clos sous la trop chaude
caresse qui doucement dévoile leur volupté. Quelques-unes se dressent, puis
retombent en thyrses, et quand, par
moments éloignés, un souffle rafraîchi
vient de la mer, elles tremblent avec l'in-
distinct bruissement de sourires innombrables. De ces fleurs certaines sont

violettes et bleues, lilas ou orangées,
jaunes d'or, rouges surtout et grenat et
fauves, blanches aussi, mais d'une blancheur pleine de hardiesse, qui éblouit.
Entre elles toutes, c'est ensuite la variété
infinie des nuances, et l'on dirait que,
même parmi les sœurs, chacune, au
baiser d'un rayon, se colore en émotion
différente. Il est des reflets mauves,
ondoyants et insaisissables, qui trou-
blent le repos de toute une plate-bande...

Les jardins se développent en terrasses
sur les rochers qui s'élèvent, promon-
toires escarpés, des *latomies* profondes,
ou qui les surplombent, sans qu'on
puisse même s'en apercevoir, en de
vastes ponts naturels. Les latomies sont
une des curiosités de Syracuse : excavations grandioses, presque toutes furent à l'origine des carrières, plus ou
moins ensuite des prisons, et devinrent

enfin, comme notre latomie de Cappuc-
cini, des parcs pour décors de féerie,
qu'envahit une végétation ardente.

Quand je me penche, rien ne bouge
au fond de cet enchevêtrement étouffé
de grands arbres austères, de plantes
grimpantes et souples, d'arbustes fleu-
ris. Des allées étroites y tordent, dans
une somnolence figée, leurs replis de
sable étincelant, et de place en place,
suivant le profil des aiguilles de roc au-
dacieuses, de longues ombres s'étirent
sans fin, liquides et phosphorescentes.
Ces profondeurs, anéanties d'une lourde
langueur, avivent, d'un contraste de
nuances, l'éclat métallique des étangs de
soleil où sont noyées ici les corbeilles
de pétales éblouissants et de feuilles
vertes. Le ciel, ainsi qu'une coupe ren-
versée de massif argent, blanchit sous
le triomphe du feu dont l'espace im-

mense flamboie. Embrasement immatériel, qu'anime d'en bas la flamme claire
jaillie de chacune des choses qui brûle
sans se consumer. A l'horizon la mer
tend sans un pli une nappe somptueuse
et bleue de silence. Les lignes les plus
lointaines où le regard se pose sont fer-
mes, parfaites et pures. Une simplicité
qui est en elles nous attire comme vers
un repos que ne troublerait plus l'angoisse des désirs incertains... Mais
pourquoi cette mer si bleue, et ces
touffes serrées de roses violentes ? Une
ivresse est dans les parfums, dont l'invisible fumée monte de chaque corolle
ainsi que de cassolettes vers quelque
divinité de chair. Le moindre reflet d'un
rayon traverse des senteurs de délire,
qui dans les ombres courtes, tombées
d'arbustes plus épais, s'amassent et se
décomposent en odeur de fièvre. A un

retour d'allée, au cœur d'une étroite
plate-bande, une troupe de lis attend :
quinze ou vingt peut-être, sveltes et
blancs, qui se suivent avec une chaste
tendresse. La fierté ingénue des tiges
vert pâle élève les fleurs simples et ra-
dieuses. Sous l'abri d'air calme où elles
se sont groupées, entre des massifs, au
bord de la terrasse, nul frisson étranger
n'inquiète leur confiance, et dans leur
propre cœur la caresse même du pistil
d'or n'a pas effleuré les pétales. Toute
leur joie est d'embaumer et de tisser
autour de leur front des auréoles. Or,
sous ce ciel, à cette heure, ces vierges
sont plus troublantes qu'une foule de
courtisanes...

La pureté simple est ici liée à l'amertume des convoitises inassouvies. Le
même instant qui propose une sérénité
immuable entr'ouvre les chemins où

s'égarera notre cœur. Nous nous attar-
dons alors à chaque émotion nouvelle
qui nous semble l'entrée d'un paradis,
et sur ces illusions dispersées nous dis-
solvons notre vie. Nous ne songeons
plus à l'harmonie d'une couronne de
fleurs, mais nous fixons notre destinée
au moindre de leurs reflets changeants,
au plus vague de leurs parfums que le
vent dissipe. Comme auprès de musiques
frémissantes nous répandons auprès de
ces choses toute notre force pour quelques joies aiguës, quand nous les savons
fragiles et angoissées. Nous fûmes in-
vités à connaître dans leur fièvre l'infini
des passions, et notre impuissance à
posséder le fantôme de leurs chimères
nous laisse enfin l'âpre volonté d'un
anéantissement. Ce paysage trop ardent,
ainsi qu'une amie trop belle, si nous
avons placé dans leur seule étreinte l'im-

mensité de notre amour, en reculent sans
fin la détresse : notre vie n'absorbe point
leur vie, notre désir ne pénètre point
leur désir, nous nous joignons sans nous
atteindre, dans une volupté voisine de la
mort.

Alors vient une heure plus amère que
toute amertume : sentir, avec la certitude d'un suprême regard de l'esprit,
que la limpidité d'un beau soir, qu'une
sûre amitié de femme, sont des aubes
claires sur une terre promise. Nous
n'ignorons pas le rivage du vrai bonheur, nous sommes devenus seulement
incapables d'atterrir. Nous voulûmes
goûter aux fruits les plus étranges de
la beauté, et loin de la rive attendue
nous ne recueillons dans le vent qui
passe qu'une saveur de lente corruption.
Le désenchantement qui nous meurtrit
aux éclats des fuyants mirages ne nous

laisse plus d'assurance qu'en la paix de
l'horizon immobile. Or la poursuite des
vains espoirs nous façonna une âme de
désir sans fin et d'orgueil.

« Les Heures chéries sont les plus
lentes des immortelles, mais celles dont
la venue est la plus désirée... », chantait déjà la fille d'Argée aux fêtes d'Ado-
nis et sous le ciel de Syracuse. Quand
Pâris caresse le sommeil d'Hélène et,
d'un cœur enthousiaste, décerne la
pomme à Vénus, voudra-t-il songer à
la colère de Minerve et aux nuits que
Cassandre, sa sœur, agite de sombres
prédictions ? En nous-mêmes — et plus
aujourd'hui que nous fûmes isolés de
toutes les disciplines — peuvent se haïr
les déesses jalouses et lutter les frères
ennemis. Est-ce alors un horizon, même
si nous en connaissons le dessin parfait,
qui nous restituera la paix ? Et quelle

confiance, plus forte que le goût de
notre division passionnée, nous retien-
dra au charme « des beautés que l'on
peut aimer sans souffrir », et que Barrès
rencontre sur les collines de Sparte ?
Les colonnades ou les statues, les harmonies de la nature sont-elles assurées
de nous guérir de « trop vivantes beautés » ? Nous risquerons toujours, par
un sacrilège où nous croirons faire
œuvre d'unité, de façonner avec ces
choses immortelles un cadre à celle
d'entre ces beautés qui nous détruit ; et
sur cette couche paisible et magnifique
pour le repos des âmes, nous pouvons
ironiquement vouloir posséder, dans
les bras nus de quelque humble et douloureuse vivante, le souvenir de Phryné
qu'aima Praxitèle, de Cléopâtre l'étrangère, ou de notre Manon. Le roman-
tisme accepte la Grèce et le profil

linéaire de son génie, moins pour mode-
ler selon eux le contour de son visage
aux riches couleurs, que pour orner
d'une silhouette célèbre son désordonné
cortège d'histoire revue et corrigée. Qui
donc résoudra le problème ? Comme
elles peuvent, malgré tout notre amour,
nous devenir de belles insensibles, ces
faiseuses d'ordre ! Sous les caprices de
tant de folles maîtresses, nous enten-
drons nous appeler vainement la sagesse
de ces épouses charmantes, si nous nous
en sommes détournés une fois par lassitude. Pour retourner à elles, il ne nous
suffira plus de répéter, même avec admiration, les fortes et tendres leçons
qu'elles nous apprirent d'une certitude
proche de l'absolu ou d'un relativisme
qui soutient. Faut-il alors avoir recours
aux seules impulsions du cœur, si ce
cœur, déjà misérable, fut en outre per-

verti par tous les insurgés de la politique et de l'art? Devant les choses
simples, devant l'ordre et l'harmonie,
notre châtiment peut être le frémissement impuissant de quelque nostalgie
désespérée...

Je devine, dans ce soir de Syracuse
mieux qu'en d'autres soirs, quel repos
est fixé sur les clairs rivages de Sicile,
et je ne sais pourtant quelle misère au
fond du cœur m'asservit au sourire des
fleurs fragiles. La nature porte-t-elle
donc comme les hommes une éternelle
contradiction ? Faut-il qu'elle se déchire, et qu'elle déchire ceux qui mettent leur confiance en elle?... Mais elle
n'est qu'indifférente comme la vie, et,
comme la vie, elle nous abandonne le
choix des chemins. Cet aveu, tant de
parfums et de couleurs le murmurent
ici à notre conscience quand elle s'in-

terroge à cause d'eux. Que lui importe,
à la nature, si nous n'embrassons d'elle
que ses apparences ? Dans son sein nous
pouvons être des enfants perdus. — Et
même, s'il la discipline quand elle ne
nous présente plus qu'un chaos, le fronton le plus beau d'intelligence ne se pro-
met pas de discipliner toujours pareil-
lement nos émotions confuses. — Elle
n'accueillera la souffrance humaine, et
ne mesurera les puissances qui s'impa-
tientent en nous, que si nous venons
près d'elle avec la résignation d'une
autre espérance puisée dans une autre
foi. Et c'est alors que nous l'aimons,
parce que nous faisons d'elle une sœur
quelquefois douloureuse et passionnée
comme nous, mais surtout la gardienne
d'un immuable symbole sous la figure
des choses qui passent. Ainsi devons-
nous recréer notre âme, à l'image vi-

vante, et non plus seulement abstraite,
de l'Absolu, telle que son sort ne dé-
pende pas d'un hasard.

La plus noble des terres, — si n'était
la Grèce, — où furent réalisées les plus
lucides des pensées antiques sous le
plus pur des ciels, propose enfin ces
conseils à l'heure où, devant la mer et
non loin des ruines tragiques, les lis
défaillent avec les roses pourpre.

*
* *

Aux limites de l'Achradine, vers l'intérieur des terres, les ruines s'amon-
cellent, se soudent et rappellent la plus
grandiose des cités grecques. Comme
parmi elles il n'y a plus de temple, et
que nulle érection de colonne ne fixe
une certitude architecturale, il semble
d'abord que toutes ces pierres assemblées ne soient que des décombres, dont

la forme incertaine simule au ras du
sol quelque caprice de la nature. Ce sont
çà et là des vestiges des anciennes murailles, dont Denys l'Ancien entoura les
immenses plateaux de l'Achradine et
des Épipoles, et qu'il fit élever, dit-on,
en vingt jours par soixante mille ouvriers
et six mille paires de bœufs. Mais ces
travaux extraordinaires ne nous inté-
ressent guère plus, aujourd'hui, que
l'effort colossal dont furent dressés les
murs des Pélasges ou même les Pyra-
mides. Si celles-ci nous attirent encore,
c'est uniquement pour leur symbole
sous les ciels admirables de l'Égypte.
Tout ce qui n'est pas, dans l'œuvre des
hommes, signe de l'art, effet propre de
leur génie, peut subsister, nous nous
étonnons, nous ne nous émouvons plus.
Seuls les souvenirs humains qui leur
demeurent attachés les distinguent pour

notre cœur de rochers sans nom, et de
ces rochers même nous pourrions aimer
mieux la naturelle vérité. Que vaut notre
stupeur du geste cyclopéen des Titans
comblant de montagnes les mers ? C'est
vers l'humble plage où s'avance Nausicaa
que va notre éternelle odyssée. Et quand
Polyphème souffre de l'amour de Gala-
thée, alors une pitié profonde nous le
rend fraternel... Pourtant quelques-uns
de ces âges des muscles serviles dont
rient nos siècles de machines esclaves
affirmaient la splendeur de l'intelligence, que systématiquement aujour-
d'hui nous étouffons sous les aspirations
confuses de désirs inconnus. La puissance de notre civilisation immédiate
risque de n'être plus ainsi que maté-
rielle, et ses traces ne dureront pas
même autant que les murs de Denys.

Or l'enceinte des Épipoles enferme,

comme à Agrigente les temples, des
choses immortelles, que sous l'usure
du temps nous reconnaissons peu à peu.
C'est maintenant que Syracuse nous
attire. Le vrai génie de l'antiquité fait
méprisables nos révolutions gigantes-
ques où chaque pauvre individu s'étour-
dit à rouler le bloc informe de sa passion vulgaire et des obscures convoitises. Laissons ce matin l'aqueduc
énorme et profond et l'immense autel
où Hiéron II sacrifiait des bœufs par
centaines...

L'amphithéâtre, à demi taillé dans le
roc, s'étage sur une pente d'où une
large vue mène jusqu'à la mer. Il fut
construit sous Auguste. On ne doit point
s'égarer à y voir quelque Colisée. Mais
sa froideur romaine ne manque pas de
beauté sur cette terre hellénique. Dans
toute la Sicile, et dans toute l'Italie,

comme ensuite dans toute la tradition
humaine, le Grec et le Latin se sont rencontrés, puis confondus pour une unité
sans modèle. La discipline latine a achevé
de décanter le génie de l'Hellade de ses
abaissements particuliers et de ses ten-
dances à l'hérésie individuelle, dans le
commandement des hommes surtout.
Et le reste, son moule énergique l'a
transmis avec sa perfection. Mais comme
elle faiblissait à son tour, parce que lui
manquait la connaissance de la vérité
intégrale, le christianisme est né, qui a
conservé d'elle la part d'éternité et in-
sufflé au monde, qui recommençait, la
vie définitive... Cet amphithéâtre évoque
bien la force romaine encore sûre d'elle-
même. L'architecture est un signe du
génie latin, quand elle produit, sur l'ampleur de son réalisme, une magnificence
dominatrice, et aussi de plus simples

vertus : l'utilité positive et la solidité.
Pour nous révéler Rome, mieux valent
pourtant la pensée d'un Cicéron ou l'histoire de ses proconsuls et de ses légions.
D'ailleurs le cirque, bien qu'il triomphe
à l'apogée impérial, nous rappelle l'an-
nonce prochaine d'une décadence, et
ses lignes un peu rudes enferment une
pensée trop matérialisée par l'écho brutal des cris de la plèbe : *circenses !*
La gloire de la Cité, faite pour conquérir et soumettre en cohorte le monde,
parvenue à l'étale de sa marée orgueilleuse, va s'abaisser : dans le cœur de ses
citoyens n'est pas encore la force intérieure qui légitimerait toujours la discipline devenue en apparence inutile...
Et sur l'arène du cirque, les gladiateurs
et les belluaires marquent en outre une
déchéance à l'égard de l'héritage du
peuple où l'on couronnait d'olivier les

vainqueurs des Jeux Olympiques. Inva-
riablement nous retournons au rêve de
quelque frise soulevée d'élans harmonieux. Tout le charme de la Maison Car-
rée nous vient de Grèce, et les arcs
de triomphe ou le dôme du Panthéon
d'Agrippa ne désignent qu'un moment
dans l'histoire de l'esprit. L'unité et la
simplicité noblement uniforme qui sont
l'immortalité véritable de Rome, l'art hellénique ne les avait-il pas transmises ?
Seulement Rome, contre les déchire-
ments publics d'Athènes, — ce fut alors
sa gloire, — fit avec ces qualités premières de vigoureuses mœurs. La belle
et froide symétrie mais surtout les
chauds battements d'un cœur rythmé
conduisent ensemble Racine, qui rem-
plissait de gloses amoureuses les temps
héroïques.

Certes les amphithéâtres splendides

d'où s'impose une puissance sur le sol
de l'Italie et de notre Provence, nous
les vénérerons toujours pour la rigueur
de leurs proportions, plus encore pour
les fortes passions d'hommes qui sont
des ancêtres magnifiques. Et sous la
lumière de Syracuse les grands souvenirs occupent en foule irrésistible le
sévère déploiement des gradins.

Mais non loin de lui le théâtre grec
assouplit le balancement évocateur
d'une intelligence et d'une sensibilité
parfaites. Creusé lui aussi en partie
dans le roc, sa demi-courbe revêt la
pierre d'une grâce mesurée. Et le panorama de douceur tendre et précise est
un décor où toutes les harmonies se
rassemblent. Les vingt-quatre mille
spectateurs retrouvaient en eux sur
la progression lente de ces degrés l'âme
commune de l'humanité. Dès les pre-

miers siècles de Syracuse, que connut
ce théâtre, près de cinq cents ans avant
le Christ, il y avait des hommes qui
venaient d'instinct chercher ici à se
connaître, quand Socrate pourtant
n'avait pas encore formulé ses maximes.
Nous connaissons-nous mieux aujour-
d'hui ?... Du moins nous savons, livrés
aux mêmes misères qui nous rattachent
à la terre, quelle est la splendeur future
de notre destin. Le sourire de la Grèce,
où s'éclaire déjà le mystère du cœur
humain, s'entr'ouvre sous le regard
fixe de l'horizon. Nous sommes montés
sur la scène, et nous n'y étions pas dif-
férents de ceux qui mimaient des sym-
boles avec le masque et le cothurne.

La voie des Tombeaux, enfoncée
dans la roche où se logent des caveaux
humains, est entaillée parallèlement,
comme à Pompéi, des ornières béantes

des chars. Entre ces sépulcres le mouvement de la vie antique est embusqué
pour nos illusions au premier détour
de la voie. A côté de ces choses la latomie del Paradiso a le charme intense
de ses abîmes en fleurs. Mais cet éden
profond, où il faut descendre et escalader, ne peut changer l'allure d'artificiel et de pittoresque en carton qu'à
de certains moments prennent quelques
aspects de ces carrières bizarres. Simple
curiosité aussi l'Oreille de Denys, où les
bruits les plus légers provoquent une
résonance extrême, et qui permettait,
dit une légende, au tyran caché dans
un recoin supérieur de la caverne,
d'écouter les plaintes et de surprendre
les secrets de ses prisonniers. Ces phé-
nomènes plus ou moins imposants éta-
blissent le triomphe des guides : il faut
qu'ils puissent, comme ici, pousser des

cris d'animal qui retentiront avec fracas
et tonnerre, ou, comme dans la grotte
du Chien, à Naples, allumer une torche
qui s'éteindra après quelques pas. Les
guides sont les bouffons qui nous font
escorte de toutes les stupidités insul-
tantes quand la tentation nous viendrait
de nous perdre dans la gloire des souvenirs et des larges émotions. Mais
peut-être, comme ceux-ci, nous rap-
pellent-ils heureusement qu'en d'autres
circonstances de la vie nous ne sommes
guère plus que leurs frères. Humble
et sage mouvement qui nous réintègre
à notre rang d'humanité ! Seuls les touristes imbéciles n'ont pas de raison
d'exister. Pourquoi voyagent-ils ? Et
s'ils éprouvent le besoin d'agitation,
pourquoi du moins visitent-ils les lieux
qu'ils se refusent à comprendre ? A
l'amphithéâtre, tout à l'heure, un voya-

geur, aux jumelles en bandoulière,
proclamait que « les Romains avaient
des conceptions grandioses », et une
petite dame en cache-poussière com-
muniquait ses impressions sur Juvénal
expurgé. Que serait une pareille femme
introduite dans la résonance de l'Oreille
de Denys ? Grâces en soient rendues à
tous les dieux de Rome, sa laideur
massive et jaunâtre nous parut venir
du fond de la Germanie avec deux
Baedeker, plusieurs manuels d'agrégé,
et quelques mots de français pour table
d'hôte et visite de ruines. Nous nous
rappelâmes alors le jeune couple d'An-
glais abordant sans un regard le plus
beau des temples de Pæstum, elle, cam-
pant contre une colonne les plis de sa
jupe trotteur et l'épanouissement de
son large chapeau sous le voile de
sport, lui, en deçà du parvis, la photo-

graphiant avec un fond de ciel bleu.

Dans un bonheur qui comble chaque seconde de notre délivrance, nous abandonnons les touristes, les guides et les latomies. Notre cocher ne comprend rien. Nous l'aimons ainsi. Une courte halte à San Giovanni nous montre, sans guère d'autres mérites, une église primitive en forme de croix grecque. A cet endroit, dit la tradition, saint Paul aurait prêché. Quant aux catacombes toutes proches, dont l'origine est inconnue, elles développent sous l'Achradine des kilomètres de rues sèches et vides. Et parmi les éternels orangers nous nous acheminons vers le fort Euryale.

Le fort termine d'un simulacre de victoire l'une des crêtes de la chaîne dite Colle Buffalaro, d'où les collines ondulent comme des vagues larges et ruisselantes de fauves clartés. Il monte

la garde au point extrême du plateau
des Épipoles, en avant, dans les terres,
des fortifications immenses de la Syracuse antique. Ce sont des vestiges de
tours, des fossés et des galeries, un
amas superbe de murs démolis et mena-
çants. Ces ruines isolées veillent sur le
silence de la plaine où des rocailles
nues s'éloignent d'abord. Vers la droite,
très loin, l'Etna, visible à peine dans
une vapeur de mirage. A gauche, la
grande mer où fut la flotte orgueilleuse
de Marcellus. Partout, au delà, des
oliviers. Puis, vers l'est de l'Achradine,
s'étendent les champs jaunes et la
traînée verdâtre des arbres sous un
soleil inquiétant, et, là-bas, la floraison
blanche des murs modernes dans
Ortygie.

Nous songeons que cinq cent mille
Grecs peuplaient cette cité, et Strabon

rapporte que pour en suivre les contours il fallait marcher durant vingt-
huit milles. La fierté de ses habitants
avait pour garantie son histoire et sa
fondation même : « Mâ ! d'où sort cet
homme ? Et que t'importe, si nous
sommes bavardes ? Commande à tes esclaves ; prétends-tu commander à des
Syracusaines ? Sache bien ceci : nous
sommes Corinthiennes d'origine, tout
comme Bellérophon, et si nous avons
l'accent du Péloponèse, des Doriennes,
je pense, peuvent bien parler dorien ! »
Ainsi la Gorgo de Théocrite interpelle-
t-elle, durant les fêtes de Syracuse, un
étranger qui lui reproche d'« écorcher
les oreilles avec sa large bouche ».

Quand les femmes de Sicile, et en
particulier les Syracusaines, commencent en public à s'exclamer ou surtout
à jurer *par Perséphone*, elles définissent,

bien avant nous, les femmes de tous
les temps : la foule, par transmutation,
exagère également leurs vanités hono-
rables ou ridicules, et les dépouille de
leur grâce essentielle. J'aime que ces
citoyennes de la ville la plus grande
du monde grec, et qui avec Denys
l'Ancien commanda toute la Sicile et
la Grande Grèce, revendiquent Corin-
the comme leur mère primitive, mais
leur vivacité, qui m'amuse, n'apporte
plus qu'un concours vulgaire au tumulte de la rue ou de l'agora... Je me
souviens qu'une foule de carnaval fla-
mand ne parvint pas à me gêner comme
certaines foules qui me sont plus fami-
lières : c'est que là je me sentais étranger au spectacle, et, la voyant pour la
première fois à peine, je demeurai sans
m'irriter de sa turbulence de bête ano-
nyme. Ces foules où nous ne faisons que

passer ne déploient pour notre regard
curieux que leur joie naïve et aussi leur
charme d'enfant un peu inélégante mais
heureuse ; nous ne pouvons encore percevoir en elle combien, par tous pays,
elle est fille aussi, doucereuse et un
peu vile, courant vers les vulgarités
dont on la soudoie avec des joies encom-
brantes ou de mesquines colères. La
conduite des hommes et la recherche
de la beauté ne se pratiquent qu'à l'abri
des cohues de la place publique et des
assemblées. La faiblesse de certaines
dates des républiques grecques vint
d'avoir confié leur politique à de multiples mains où leur art se serait déchiré.
Phidias impose seul à ses concitoyens
l'admiration de son *Athéna chrysélé-
phantine*, et Périclès, pour donner la
gloire au peuple dont il sort et son
nom à un siècle d'humanité, met au

service de sa propre puissance les ressources de l'ostracisme. Peut-être
même les femmes les plus belles et les
monuments les plus parfaits ne se réa-
lisent-ils que dans la solitude où nul
contact étranger n'affaiblit leur expression quand elle se livre tout entière à la
possession de nos regards. Cette solitude pourra n'être d'ailleurs qu'un respect de leur juste situation dans l'ordre
de la nature, de la société ou de leur
temps. Ce que l'on doit toujours haïr
par l'intelligence et par le cœur, c'est la
profanation des bandes de voyageurs
sans piété ou de quelques murailles uti-
litaires dans les enceintes pleines de
glorieuse mémoire.

Je ne voulais retenir de Gorgo dans
Syracuse que sa fierté de Corinthienne,
et voici que même son attitude de mé-
gère m'a mené vers des méditations

bienfaisantes. Elle complète d'un peu
de rudesse mes admirations trop chargées de sentiment.

Et que n'admirerais-je ici ? Comme, sur
l'emplacement d'un temple, les fragments d'une divinité que le marbre retient hors des instants fugitifs, quelques-uns des souvenirs les plus fameux
de l'histoire antique jalonnent le sommeil de cette terre. La tyrannie de Denys
ou d'Agathocle, Timoléon dit le libéra-
teur, le poète de Cythère Philoxène,
Archimède étreignant la solution universelle de la mort tandis qu'il s'attarde
à quelque problème particulier, les
guerres Puniques, et d'abord la rivalité
et la déroute d'Athènes, avec les chants
dont les armées ennemies, sur le rivage,
scandent, ainsi que les chœurs tragiques, la lutte des flottes syracusaines
contre Nicias : ces noms et ces dates

se lèvent au hasard. Une fois de plus la
vie des siècles triomphants, dont les ombres humaines jonchent quelques par-
celles misérables de notre monde, va
ressusciter... Mais l'ombre n'est que
l'ombre, l'écho n'est que l'écho,

   . . . . et Syracuse
Dort sous le bleu linceul de son ciel indulgent.

Or ce matin le ciel est lourd d'un
orage, que nous sentions venir, amon-
celé sur son horizon ; des nuages ternes
et monotones voilent un soleil chargé
de regrets, et le linceul enveloppe plus
sûrement la nostalgie vaine des morts.
Il faut avoir rêvé dans les soirs radieux
de lune sur Syracuse, et la retrouver
quand une tristesse sans nom donne un
sens pour quelques heures à l'ensevelissement de ses ruines sous l'habituelle
lumière. Cette désolation passagère n'est
point sans sagesse, si elle nous arrache

à l'oubli de la vie réelle où nous endor-
mirait peut-être le repos facile de ces
morts dans les délices et l'indulgence
de l'azur. Et l'arc-en-ciel qui suivra sans
doute notre retour ne nous sera plus
un simple jouet de séduction pour des
regards d'enfant. Ainsi nous avions
aimé autour des colonnes de Ségeste
le vol triste des corbeaux...

VII

UNE NUIT SUR L'ETNA

Nous sommes partis de Catane vers
cinq heures et demie. Notre voiture
dépasse maintenant les dernières maisons de faubourg, et sur le pas des
portes, des femmes nonchalantes, des
troupes d'enfants regardent, avec une
curiosité tranquille, ces étrangers qui
passeront la nuit sur leur Etna. La
route monte en lacets à travers des
cultures. Le soir tombe sans hâte ; c'est
un de ces soirs clairs de Sicile dont les
reflets s'attardent dans la nuit aux con-

tours des choses qu'ils précisent. Une
lumière limpide veille sur le golfe de
Catane. Les rumeurs de la ville deviennent plus confuses, mais quand nos
chevaux ralentissent, le *cocchiere* les
excite d'un cri qui se module et se prolonge comme une plainte.

Après deux heures de montée, nous
voici à Nicolosi. Le village est noir, bâti
avec la lave des coulées qui le ravagèrent
peut-être jadis, et sous la lune pleine
maintenant, qui dans l'ombre même des
rues verse comme une cendre bleue, la
confiance de ces maisons bientôt endormies et déjà silencieuses rend plus profonde et plus grave la sérénité de la
nuit. Une émotion se mêle ici à l'assou-
pissement des choses, mais une émotion
mesurée qui participe de la paix dont
de tels cieux les enveloppent. Pour la
clarté heureuse des soirs innombrables,

pareils à ce soir, l'homme se convainc
de remettre aux lendemains le souci du
feu violent qui brûle le cœur de sa montagne, et lui qui garde le souvenir des
injures de l'homme et, se connaissant,
veille pour prévenir les desseins suivis
de la haine, oublie dans le sommeil
léger des paysages les caprices indifférents de la nature : l'angoisse du réveil
n'est plus qu'un rêve sans violence où
s'appesantit la fatalité.

Nous avons parlementé avec le *capo
delle guide* et, muni de tous les passe-
ports du Club Alpin de Catane, nous
obtenons la formation de notre caravane.
L'auberge principale du village nous a
servi un dîner sans raffinement mais
abondant, dont l'excellence participe
des trois mille mètres à gravir. Et dra-
pés dans nos manteaux, les jambes pri-
ses en de chaudes guêtres de laine —

car l'air sera vif tout à l'heure, — nous
enfourchons maintenant nos mulets et
défilons, notre guide en tête. Il est neuf
heures, l'*angelus* vient de sonner à la petite église de la place. Des gens échan-
gent des propos courts et rapides avec
le guide, des enfants nous crient des
bonjours et des souhaits, car nous
sommes les premiers étrangers de la
saison à tenter l'ascension, et la neige
couvre encore une partie de la montagne.
Puis, tout s'efface. Nos mulets foulent
d'un piétinement ouaté un chemin de
terre, dont la poussière est une cendre
épaisse; la nuit est tiède, imprégnée
d'une clarté qui s'écoule et se fige le
long des ombres grises sur le sol. Le
clair de lune ici ne ruisselle pas sur les
choses comme une source mouvante,
mais il les baigne dans une lumière indé-
finie, qui s'immobilise d'avoir sub-

mergé tout le paysage. Et la plaine de
Catane garde là-bas la fixité d'un horizon de mer lointaine. Nous avons con-
tourné les monts Rossi, qui surgirent
il y a deux siècles, lors de l'éruption
plus violente de 1669, ainsi que deux
frères jumeaux, lourds, dépouillés et
roux. Maintenant nous suivons un large
sentier taillé dans la lave. C'est une
ancienne coulée qui a presque la hauteur
d'un homme ; elle est noire, torturée,
fixée dans sa mobilité violente, et des
lueurs blêmies dorment dans les creux
de ses remous immobiles. Une désolation monte de la menace perpétuée par
cette mort farouche. Mais qu'importe !
Un effort brisé gît à présent dans l'herbe
claire, et le souvenir des ruines qu'il
accumula se dissipe dans le rayonnement
tranquille et bleu de la lune. Un peu de
tristesse seulement nous suit encore

quand nous abandonnons le sentier de
lave. A mesure que nous monterons, les
choses passeront ainsi auprès de nous,
nettes et détachées, arrêtées muettes
dans le paysage ; elles auront les lignes
simples du contour même de la lune, et
leurs silhouettes retiendront une lumière
plus précise. Mais parce que tout est
fait de cette lumière et que l'ombre même
éclaire comme un reflet diminué, la
précision du paysage garde l'éloignement d'un mirage. Les souvenirs se
dressent ainsi dans la clarté enveloppante d'un rêve humain, si nets qu'on
les voudrait approcher, quand leur
réalité vivante appartient à un insaisissable lointain.

Une douceur infinie dort sur le chemin que nous avons pris, bordé d'arbres
et de haies çà et là, silencieux et profond comme une allée de parc aban-

donné. Nous ne parlons plus, et l'igno-
rance que notre guide a du français nous
sauve des misères d'une documentation
absurde. Que nous font en ce moment
les détails de la science? Le jour, peut-
être nous eussent-ils intéressés. Maintenant c'est la montée dans le rêve vers
ce sommet idéal que nous découvrons
par instants, enveloppé de neige et couronné d'une fumée blanche immobile.
Un recueillement nous accompagne
parmi tant de visions précises qui ont
pourtant la couleur des choses irréelles,
nul objet ne peut nous distraire, il n'est
qu'une des formes diverses qui baignent
dans cette nuit transparente comme une
eau qui dort. Jusqu'à ce que le soleil
demain ait grandi derrière la Calabre,
cette clarté immense et toujours égale
fera de la montagne déserte un asile
plus pur à la méditation que l'ombre

du cloître divin de Monreale. La mu-
raille des œuvres humaines ne borne
point ici les regards de l'âme, qui s'élèvent à l'infini quand la ligne sûre des
horizons successifs les affermit dans
leur curiosité idéale. L'apparence d'ir-
réel où nous nous mouvons isole mieux
que la solitude faite par deux mains
jointes sous un front, mais parce que
chacune des choses demeure dans cette
apparence avec sa vérité et que nulle
confusion n'en compose un chaos enva-
hisseur, la méditation s'ordonne, rete-
nue par elles dont le profil se détache
ainsi que d'ogives monacales dans le
ciel. Et la pensée de la mort vit sur les
fragments sombres de lave que nous
heurtons, comme elle hante les mystiques dont chaque pas frôle des tombes
dans l'herbe triste qui croît entre les
pieux arceaux. Nous montons toujours,

et le sentiment de l'idéal devient en nous
à mesure plus ferme et plus envelop-
pant : il est lucide et raisonné, traversé
seulement parfois d'illusions troubles
qui s'élèvent d'un fond obscur, comme
les rares formes pâles et diluées que
notre imagination fait une ou deux fois
courir dans la clarté immobile de notre
sentier.

Jusqu'ici l'ascension a suivi des pentes
douces, toutes pareilles. Le sol s'élève
maintenant plus rapide, et nous entrons
sous bois. Une chouette a crié très loin,
cri unique qui pleure un instant comme
un écho des voix de la terre, puis s'atté-
nue et meurt. La forêt est de châtaigniers, aux troncs isolés et nus, dont
quelques-uns, beaux comme de jeunes
dieux, se dressent, voilés d'une lumière
atténuée, en des adorations hiératiques.
Seules, des branches nouées et tordues,

13

qui penchent vers le sol, ont des gestes
qui souffrent et qui supplient : le bonheur universel qui les illumine rend
plus amère leur impuissance de beauté.
Mais toutes les feuilles sont transpa-
rentes, et la même frange blonde court
le long de leur trame argentée : chacune
d'elles luit comme un reflet de veilleuse
et la lumière de la forêt est faite de cette
douceur. Par places seulement les clai-
rières laissent des taches plus ardentes.
Le chemin est creux, des racines jaillis-
sent de la pente éboulée des talus. La
terre cède comme du sable sous le pas
des mulets qui, par instants, froissent
des feuilles tombées. Et soudain c'est le
débouché sur un plateau, vide, caillou-
teux, qui s'élève lentement. Les châtaigniers s'abaissent dans une ombre bleue
que découpent leurs cimes brillantes, et
devant nous, la neige enveloppe les plus

hauts sommets d'une blancheur égale qui rayonne.

Minuit. Nous arrivons à la Cantoniera. C'est un abri en forme de chaumière, à deux chambres basses. Le guide a piqué une bougie sur le goulot d'une bouteille et sort du bissac, préparé à Nicolosi, le pain, la viande froide, le petit baril de vin blanc — plus exquis que le plus pur marsala, bu ainsi à la régalade dans ce souper féerique. La lune entre par la croisée, et des lueurs blanches demeurent au fond des larges assiettes. Nous avons gravé notre nom sur le mur, parmi les mille inscriptions cosmospolites qui font de cette pièce comme une chambre funéraire. Que de souvenirs à jamais éteints ailleurs vivent seulement ici dans deux noms tracés sur le plâtre il y a des années ! Quelles misères, quelles douleurs, se fuyant

elles-mêmes, ont effleuré de telles murailles où subsistent des dates lointaines ? Noms de femmes, à demi effacés :
une mélancolie vient de ces caractères
inhabiles, et dans cet étroit asile solitaire, triste comme les choses élevées
par la main de l'homme et où les hommes
ne demeurent pas, on songe aux amours
brèves et désespérées qui n'attendirent
même pas l'ombre assez récente de ces
murs et que seuls peut-être pourraient
dire les vieux guides qui dorment au
campo santo de Nicolosi... Une demi-
heure plus tard nous chevauchions à
nouveau nos mulets.

Plus d'arbres maintenant, des fou-
gères, quelques touffes d'herbes, grêles
et perdues dans les pierres ; l'ascension
se poursuit à travers des rocs noirs,
des escarpements de lave et les premières pentes des névés tout proches.

Un bouleversement est figé sous les aspects d'ancienne violence qu'ont ici les choses. Les couleurs obscures et les lignes brisées retiennent l'âpre souvenir d'une lutte. Des combes rapides creusent encore le simulacre d'abîmes d'épouvante. Et parfois le murmure sourd du volcan vient jusqu'à nous, étouffé dans le silence. Un froid vif nous a saisis, et nos mains gantées tiennent péniblement les rênes. Cependant, les mulets ont le pied moins sûr, ils buttent à l'escalade des sentiers et glissent sur la neige. Une réalité dure comme la vie s'efforce de nous reprendre et de nous arracher au songe méditatif de cette nuit... Mais la lune est toujours pure dans le ciel et la même sérénité enveloppe la terre. Ici encore les choses ne peuvent rien contre nous, leur cruauté prend les teintes du sublime, comme

une vie dans la clarté de l'idéal. Elles
résonnent seulement de l'écho de notre
misère et, couvrant la voix des sirènes
d'illusion, le rythme brutal de leurs
chants inquiets désigne les routes pa-
tientes, mais sûres, par où nous les
fuirons vers la divine harmonie. Nous
voudrions nous hâter vers les pentes
douces et blanches que nous devinons,
mais notre désir se discipline le long de
passages tortueux, imprévus, qui semblent nous détourner.

Et brusquement une immense plaine
de neige s'étend devant nous. Tout est
recouvert de cette blancheur égale,
éclatante, dont les larges replis n'ont
ni reflets changeants, ni pénombre. Jusqu'au cône escarpé du cratère, qui profile sa grisaille claire sur un ciel profond, c'est un repos infini où rien ne
veille, plus paisible même que celui de

la forêt de châtaigniers : nul souvenir de
douleur vivante ne s'émeut ici sous la
tendresse de la lune. Et si la solitude de
ce désert uni évoque la mort, si la couleur de ce paysage doit se comparer au
linceul, ce n'est point un anéantissement universel qu'elles expriment, mais
la disparition des réalités vulgaires et
l'ensevelissement des obstacles, la seule
mort qui libère. Fort de la mesure selon
laquelle a grandi son ascension, le rêve
désormais glisse sur cet horizon, indé-
finiment, jusqu'aux étoiles les plus
basses et qui semblent proches.

Nous avons dû abandonner nos mulets
au deuxième guide qui nous suit à pied
depuis Nicolosi, et, munis d'alpenstocks,
nous avançons silencieusement. La neige
fond déjà depuis quelques jours sous la
chaleur de juin, et chacun de nos pas
enfonce, comme en de là mousse drue,

avec l'imperceptible bruit d'un froisse-
ment. Nos trois ombres hésitent en
avant de nous : elles sont toute la vie
de ce paysage. Nous marchons ainsi
plus d'une heure, et peu à peu l'air nous
semble être redevenu tiède. Il est deux
heures et demie environ quand nous
atteignons l'Observatoire, obstrué par
la neige qui a envahi les salles étroites.
Personne n'y demeure à cette époque,
et c'est dans une atmosphère froide et
sombre de caveau que nous nous as-
seyons quelques instants à la lueur
d'une bougie. Quand nous ressortons,
la nuit est un long éblouissement, puis
elle s'adoucit et se précise : les névés
brillent au loin et reflètent ardemment
la lune, comme s'ils en avaient absorbé la
lumière, diluée sur leur surface polie.
Le sol que nous foulons maintenant est
fait de débris de lave et de cendre. Plus

de neige. De temps à autre, des excavations et des fissures, d'où s'échappe une fumée jaune et brûlante. Un roulement continu frémit sous la terre et se prolonge sourdement. Le cône du cratère se dresse à pic devant nous, deux cents mètres de pente raide où la cendre et les pierres doivent céder sous chaque pas.

Depuis une heure, quelques clartés roses ont envahi le ciel à droite, vers l'Italie, et la lune plus pâle baisse lentement : c'est l'aurore. Il faut se hâter pour le lever du soleil, l'escalade commence. Escalade longue et dure : nous devons nous coucher par instants pour nous reposer, et n'avancer qu'en nous accrochant à des pierres qui branlent et roulent parfois jusqu'au bas du mamelon. Les chaussures brûlent dans la cendre chaude et nous ne retrouvons pas les sandales intangibles d'Empédocle. Enfin, nous atteignons le cratère. C'est un cirque immense et profond, gouffre aux parois verticales qui montent d'un chaos et se projettent sur le ciel en arêtes aiguës et menaçantes. D'innombrables fumerolles blanches y rampent le long des saillies : légères et caressantes, elles lèchent longuement le roc où demeure la lèpre verdâtre du soufre. Du fond grandit, amplifié par la résonance effroyable de l'amphithéâtre tragique, le fracas d'un tonnerre qui éclate mille fois, gronde et roule éternellement sans décroître : orchestration que de rudes échos prolongent sans fin dans les rocs, et dont ils composent une symphonie d'horreur...

Une aube lumineuse éclaire tout l'orient. Le ciel a des transparences de voile blanc posé sur des roses, et de larges

reflets orangés s'éteignent parmi les
ombres violettes. Le détroit de Messine
luit comme un miroir d'argent, la mer
d'Ionie est bleue, infiniment bleue. Le
rêve d'une attente se mêle à l'heure
délicieuse. Or, voici que, par delà le
profil lointain des montagnes assom-
bries de Calabre, surgit la courbe parfaite du disque écarlate. Il monte lent et
magnifique. Puis, globe de feu, libre de
toute attache, il ralentit soudain, se recueille, et un immense rayonnement de
lumière inonde le monde. Sur le détroit
un sillage rouge viole ardemment l'eau
brillante.

Mais le guide nous appelle, le spectacle est maintenant au couchant. Du
roc où nous sommes montés, nous découvrons, projetée sur la Sicile presque
entière, l'ombre gigantesque de l'Etna.
C'est un cône bleu sombre dont les arêtes

précises délimitent sur la carte déroulée
des zones de nuit et de jour. Le sommet
se perd dans une brume claire, très loin,
vers le cœur de la Sicile, et l'île a la surface semi-plane de ces planches géogra-
phiques dont on comble le relief avec
la dépression du doigt, tachetée seulement par places de coloris encore effacés.
Le cône d'ombre pâlit un peu : il laisse
transparaître les choses comme une
écharpe légère tombée sur les bois et
les villages que l'on devine. Ni la côte
d'Afrique, ni Malte ne se distinguent.
Seule la mer resplendit dans un vague
horizon. La vue est trop lointaine, trop
vaste : panorama, diront les érudits, de
plus de treize cents kilomètres de circon-
férence. Le paysage diminue dans cette
extension démesurée. La nature ne porte
point l'infini, elle n'en peut être que
l'image quand l'eau de la mer coule

vers la ligne sûre où elle rejoint le
ciel.

Brusquement des détonations d'une
plus grande violence éclatent et se succèdent rapides. Un frémissement ébranle
l'air autour de nous, et l'on dirait qu'au
fond du cratère des blocs roulent et se
heurtent pour se frayer un passage.
Notre guide, qui s'est retourné vivement,
regarde avec anxiété, et murmure : *eruzione ! eruzione !...* Ce n'est qu'une
alerte, une colère du volcan en recru-
descence d'activité depuis deux semaines,
et la note trop discordante se perd dans
le grondement terrible mais continu.
Une brève et dure émotion, de celles
qui s'attachent aux terres volcaniques,
vient de passer sur nous. Les forces
qui vivent sous nos pas nous imposent
une âme sincère. Nous nous penchons
sur le vide que bornent les parois à pic.

Parmi l'amoncellement chaotique, le
long des rocs éboulés, glissent les reflets
d'une fournaise. Le feu lui-même, incan-
descent mais sans flammes, brûle à travers une fissure béante, long regard
jeté sur des paysages dantesques. Le
vent assez violent nous enveloppe par
instants d'une fumée de soufre irrespira-
ble, le soleil prend alors des teintes li-
vides, et des lueurs jaunes se mêlent à
la cendre grise autour de nous.

Nous avons dit adieu au volcan, car
il faut redescendre pour atteindre Catane avant le soir, et cette nuit veut quelque repos. Au passage, nous saluerons
les choses que nous avions perçues dans
notre vision maintenant éteinte; elles
sont pareilles, mais plus proches, et le
mystère n'est plus en elles. La lumière
ardente et jeune de ce matin est belle
comme une conquérante, et les teintes

vives de la neige, des roches noires, de
la forêt, lointaine encore, des châtaigniers ont un éclat énergique. Une in-
tensité de vie croît sous le rayonnement
plein de force. Le soleil sera tout à l'heure
épandu sur la terre, et à le posséder la
terre aura une ivresse anéantie. L'air
qui vibre de clarté ne retient plus le rêve,
et ce n'est plus la même solitude. Mais le
souvenir de notre recueillement demeure
en nous. Si la nature a changé sa beauté,
la méditation que telle de ses heures
passées nous inspira vit toujours, plus
féconde encore, maintenant que nul
fantôme d'illusion ne traversera notre
chemin. Humaines, nos âmes survivent,
enrichies, aux conseils indifférents que
nous proposa cette nature, et nous pouvons redescendre vers la vie.

A la Cantoniera nos mulets attendaient
fringants et pleins de hâte vers Nicolosi.

Nous leur avons témoigné notre vif con-
tentement. Sur la gauche, nous découvrons à présent de larges cratères éteints,
qui bâillent, difformes et rouges, hideux
comme des hures sanglantes. On suit
la ligne hérissée et noire que quelqu'une
des innombrables et terribles coulées
de lave, antérieures même de plusieurs
siècles à notre ère, traça jusqu'au
pied de l'Etna où elle se divise en tron-
çons brisés. Les villages blancs s'éveillent dans la plaine de Catane, qui semble
s'élever en pente douce vers le ciel. Des
branches en fleurs embaument un détour
de la descente. Nous avons croisé deux
ou trois âniers qui montaient vers les
bois.

Notre voiture nous reprend à Nicolosi,
et c'est dans la somnolence, sous le soleil
écrasant de midi, que nous regagnons
à un trot allongé Catane. Oh ! l'ombre

exquise de nos chambres d'hôtel, et
comme les moustiquaires blanches enveloppent bien les douces siestes italiennes, où l'on sent la lassitude se dé-
tendre et peu à peu s'endormir !

VIII

AU RIVAGE DE TAORMINA

Taormina est couchée sans effort aux flancs d'une montagne qui regarde la mer. La petite ville groupe mollement des maisons claires en terrasses, et d'autres fois s'étire quand ses villas détachées descendent les pentes plus rudes parmi les aloès et les genêts en fleurs. Le long de la côte, après elle, vers le midi dont la clarté le dessine, l'Etna dresse, d'un élan paisible, sa crête doucement neigeuse, pure comme une vague soudain cristallisée. La mer

se détend ici en un golfe à peine infléchi,
silencieux, où les brises du large viennent recueillir des parfums, tombés de
la montagne verte et blanche, au fili-
grane d'or. Et c'est l'un des plus beaux
sites du monde.

Pour l'atteindre il faut gravir en lacets
depuis la gare une route longue. Puis
la ville s'offre d'elle-même, dans sa simplicité paresseuse, et, malgré quelques
caprices fuyants de son geste alangui,
on la prend tout entière du regard. Il y
a sans doute quelques ruelles qui vont,
avec des marches usées, sous des cintres successifs, on ne sait où : ainsi
l'exquise via della Luna, qui sera tout à
l'heure comme une échelle mystérieuse
vers d'irréelles lumières. Mais sur la
place, où la petite cathédrale normande
hérisse sa façade austère et fermée de
créneaux blancs qui mordent un pan de

ciel, toute la sincérité de Taormina est
maintenant enclose. Au centre de trois
assises circulaires, qui superposent
leurs dalles fendues en escalier, la fontaine, avec une gaucherie adorable,
échafaude sur la tête de ses tritons nains
deux bassins inégaux et lourds. Appuyées à la première marche, des bornes
montent aux quatre coins, où s'écrasent
en haut de petites bêtes de pierre, qui
crachent sans bruit une eau limpide et
mince comme un fil d'argent. Déjà le
soir. Des femmes remplissent de clarté
les amphores dans les vasques où la lune
frémit entre leurs bras nus...

Nous sommes noblement descendus
au grand hôtel San Domenico, parce
qu'il fut un monastère, et qu'en cette fin
de saison plus rien en lui ne rappelle le
caravansérail odieux. Il abritait hier le roi
d'Angleterre, demain matin il ferme, il

sera donc cher et mal servi aujourd'hui,
mais nous y goûterons la paix frugale
d'un couvent désert au bord de la mer. Il
fait sombre dans le grand corridor voûté
comme un cloître. Quatre ou cinq voyageurs à peine, une cantatrice connue
d'Italie, dont l'origine française témoigne
à notre nationalité, malgré deux sui-
vants dignes et froids, un empressement
inattendu. Si nous la retrouvons seule,
tout de suite elle nous dit ses créations
de Milan et de Catane, ses succès sans
mesure, son divorce éclatant, le duel
récent d'un père de famille pour ses yeux
qui raillent. Facile et belle, les paumes
de la main appuyées en dedans au re-
bord de la table du hall, le buste offert
sous la mousseline claire, elle parle sans
arrêt, étalant une petite âme de chiffon,
d'où s'égoutte, quand elle l'a ensuite
bien pressée, un peu d'ironie qu'elle

croit élégante, et qui n'est ici qu'amertume. Des ruines de Taormina elle ne
retient qu'une opinion désintéressée,
celle de ses amis. La domination émouvante qu'élèvent les pierres d'une humanité morte étonne son pauvre triomphe
sur quelques débris de cœurs vivants.
Sa présence est un malaise dans cette
nuit où l'on devine des rêves antiques,
et sa voix dessèche les souffles de tendresse venus par le vitrail entr'ouvert...
Mais tout à l'heure elle chantera.

La baie du salon, vide maintenant,
découpe, quand on s'en écarte un peu,
le clair de lune. La mer immobile, sans
une ride, et le ciel dont descend là-bas
l'ombre bleue s'éloignent ensemble vers
la nuit. Le regard de la lune traîne partout des clartés vagues, mais quand il
tombe sur la mer il s'attarde à l'émouvoir sans fin d'une caresse plus ardente

que la pluie d'or sur Danaé. Sur l'eau
glissent alors des ondulations lentes et
lumineuses. Une voix monte du large,
pleine d'abord et se répétant, pour finir
à chaque appel en un murmure qui
s'étouffe. Retours incessants de désespoir et de résignation.. Or, quand nous
pensions à des cris perdus, ce n'est que
le chant immortel de la mer au rivage
de Taormina.

A l'appui de la terrasse en jardin, qui
rassemble en contre-bas du vitrail, vers
la haute mer lointaine, les touffes cise-
lées des orangers et des lauriers-roses,
une jeune femme s'est accoudée. Les
avant-bras, à peine écartés, soutiennent
sur l'assise de pierre le menton que les
deux mains enveloppent avec certitude,
et les doigts, dont la transparence
allongée détache en avant d'elle le profil
clair d'une muette effigie, enferment

doucement un rêve confiant et obstiné.
Les cheveux nus, gonflés en auréole
lourde et débordante, semblent tissés
de fils irréels, dorés par la lune. Mais
la ligne du vêtement blanc qui moule
les formes jeunes absorbe dans sa net-
teté les confins vagues de l'horizon, et
la courbe du corps infléchi, se creusant
un peu à la taille, se relève en un geste
souple, qui, suivant les plis sculptés de
la jupe, se dissipe dans la clarté monotone de l'allée... L'odeur du printemps
qui monte des jardins, dispersée par les
brises lentes, est dépouillée du trouble
qu'elle jetait sous le midi brûlant de
Syracuse. Elle compose avec le rythme
de la mer et cette vision parfaite une
harmonie où vibrent ensemble tous les
sens humains dans une même exaltation grandissante. Mais s'ils ne s'éga-
rent pas d'abord au désir panthéistique de

se confondre sans retour avec la nature,
le bonheur qui les pénètre en mesure
s'irrite enfin, dans ses limites, d'ignorer
pourquoi il ne deviendrait pas infini.
Nuit trop païenne, dont la pure sérénité
nous apaise, et ne peut nous satisfaire
pourtant quand elle n'est plus pour nous
que l'image insaisissable et partielle de
la plénitude sans désirs! L'enchantement de certaines heures cesse de nous
soutenir si notre analyse, le prenant
pour une fin, se fait inquiète et rigou-
reuse. Alors elle l'épuise. Une souffrance frôle toujours ainsi les meilleures
des joies que nous apportent la seule
nature ou les seuls hommes... Très loin
sous la terrasse, au fond du clair de
lune, la mer radieuse retourne à la côte
rigide avec le même gémissement.

La cantatrice chante maintenant en
s'accompagnant dans l'ombre molle et

bleue. Seule une lumière vacille à l'ex-
trémité du grand corridor. Voix admirable, chargée tour à tour dans sa sincérité émouvante de l'espoir et de la
douleur de l'éternelle humanité, et qui,
toute pareille aux guitares violentes de
Syracuse, s'en va mourir dans la nuit
paisible. Comme elle est femme ce soir,
quand l'âme des autres vit en elle ! Trop
de passions s'éveilleront à son appel
sur ce paysage assoupi. Elle dit les
adieux de Manon, des phrases italiennes,
railleuses et frémissantes. Puis elle s'est
tue, et ses doigts traînent lentement
des arpèges d'où le « clair de lune » de
Werther s'égoutte en mélancolie sur
nos âmes...

* *

Quatre heures du matin. Une clarté
indécise et fondue coule sur les choses.

Le soleil n'est pas encore monté dans le ciel qu'étoffent de longs nuages gris transparents. Nous sommes venus au théâtre grec.

Il s'arrondit au sommet d'un étroit plateau qui s'avance en promontoire escarpé dans la mer. Un tel élan, quand il soutient des ruines antiques, simule vers la douceur de l'Ionie le vol aveugle et nostalgique de quelque Victoire de Samothrace mutilée. Le théâtre est vaste au point qu'il contenait, dit-on, plus de trente mille spectateurs. Et le climat qui a le goût presque sensible du miel et les vents chargés d'aromes balsamiques ont conservé les pierres dans leur ordre essentiel : les gradins disposent en ascension régulière leurs assises courbes, que traversent de biais parfois de longues coulées d'herbe molle. Les murs du podium et les cintres sont

demeurés intacts en partie. Mais la
scène surtout, la plus belle peut-être de
celles qui nous soient parvenues, offre,
en avant du geste rêveur de ses colonnes brisées, trop fragiles, un dallage
monotone et immuable à l'éternelle co-
médie. Le trou est encore béant par où
surgissait le *deus ex machina*. Les Romains ont agrandi, orné le théâtre, mais
l'emplacement est un choix des Grecs.
Seuls ils pouvaient savoir quel horizon
doit borner le simulacre ironique des illusions amères et de la fatalité. Comme
le culte ordonné de leurs dieux à Ségeste ou à Agrigente, ils enferment à
Taormina l'image résignée de l'humanité en des paysages tels qu'ils puissent, ainsi que des échos sonores, recueillir les mêmes cris du cœur.

Quand on s'est assis parmi les ruines,
sur quelqu'un des plus hauts gradins,

une large échancrure démantelée ouvre,
au fond d'un premier plan confus et
déjà lointain de figuiers de Barbarie ou
de genêts d'or, un horizon immobile que
ferme presque la pente couchée, et plus
légère qu'une ombre, de l'Etna. Soute-
nant le même mur, un cintre surbaissé,
à gauche, emprisonne un peu de mer,
dont il sertit un saphir énorme aux reflets mouvants. Mais ces fragments
d'une vision ne sont rien : le théâtre de
Taormina n'a plus qu'un sens mutilé, si
l'on n'y éprouve la domination entière
de l'Etna, quand son sommet arrêté dans
l'air pur fixait, au-dessus des passions
humaines, le regard des foules muettes.
A l'entour la mer d'Ionie, qui baigne
l'Hellade, emporte les rêves païens,
qu'elle discipline et retient alors sans
d'autre espoir sur l'apparence de son
élan fini. Antigone peut en appeler aux

lois éternelles : d'où lui viendra l'espérance quand elle dirige vers le destin
qui l'accable et qu'elle ne connaît pas le
regard vide et la marche fatale d'Œdipe ?

Le soleil a dû se lever, car la côte
de Calabre a pâli, et l'air entier irradie
en une poussière de vieil argent qui répand sur la mer des miroitements blêmes
et monotones. Les teintes ardentes, les
bleus qui sur ces rivages sont d'une
variété infinie, ont une nuance effacée,
et ce ciel feutré de clartés sourdes, cette
eau décolorée, cette terre qui ne s'éveille
point, tout cela fait du paysage une chose
très ancienne, qui, dans sa forme essentielle, survivrait à la beauté violente
dont les temps et quelque immense oubli l'auraient dépouillée. Ce n'est plus
un de ces matins de Sicile où tout l'Orient
se reflète. Il semble que tant d'objets
divers se soient endormis hier au soir

sous la lune et qu'ils ne s'éveilleront
plus jamais à la caresse folle des jours.
La lumière qui croît les enveloppe timidement. Ce soleil a épuisé les promesses de bonheur que les choses sen-
sibles contiennent, et sa résignation fuit
la vie bigarrée et fallacieuse. Pourtant
à la paix attristée qui nous vient d'elle,
plus sage que celle d'hier, se mêle une
âpre impuissance de prier. Sous cette
matinée voilée de Taormina nous ne
connaissons plus que la lassitude du
paysage antique primitif. Il a cessé de
se confier à la nature et aux dieux, et,
ne sachant pas encore la foi nouvelle,
il réprime obstinément sa souffrance
sans mourir...

D'un pas souple et balancé une femme
a traversé le théâtre, portant au séma-
phore une cruche qu'elle retient à deux
mains sur sa tête. La scène un instant

s'anime de ce souvenir grec qui la frôle.
Puis, quand la porteuse d'amphore est
passée, les pierres retournent à leur
silence rigide, et l'Etna leur jette toujours son regard volontaire et tout-puis-
sant.

La voix des jeunes insouciances humaines détourne, sans les troubler, nos
méditations, car deux fillettes matinales,
l'une au châle rouge, l'autre au châle
bleu, chantent et se répondent en amassant des brassées de fleurs sauvages...

IX

UNE HISTOIRE DE MŒURS

Les mœurs de Sicile portent souvent
la trace du soleil ardent qui brûle ses
plages et des hérédités innombrables
dont se complique l'instinct de ses habitants. Tout n'y est pas idylle et douceur des chalumeaux sous les ormes.
Je me rappelle à ce sujet une histoire
dont Mérimée eût été dans l'enthou-
siasme. Elle nous fut dite par le comte
de X..., un Sicilien de vieille date, que
nous avions rencontré à bord du *Co-
lombo*, dans la traversée de Naples à

Palerme. Possesseur de riches sou-
frières au centre de l'île, il connaissait
à merveille le caractère et les usages
de ses compatriotes, et il en causait en
homme charmant et très cultivé. Au
dîner du soir, comme nous étions assis
tous les trois à la même table, avec une
Palermitaine qui parlait elle aussi très
bien notre langue, il en vint au cours
de la conversation à nous proposer une
anecdote caractéristique. Nous accep-
tâmes avec joie. Et le comte commença
à peu près ainsi (les noms et quelques
détails trop indicateurs ont seuls été
modifiés) :

— C'est une aventure d'une ironie
peut-être un peu violente pour vous
autres, Français. Dans tous les cas n'at-
tendez pas de moi de subtils dévelop-
pements psychologiques : aussi bien je

crois qu'elle n'en comporte guère. Elle
est très simple, tout d'une pièce, comme
le caractère de Francesco, le principal
héros de l'histoire. On le connaissait
dans la région entière pour une nature
autoritaire et ardente. Il y avait en lui
du contraste des montagnes de notre
île suivant les heures du jour et des ata-
vismes mêlés que charriait son sang de
pur indigène. A cinquante ans il était
resté veuf d'une femme parfaite, avec
deux enfants : Lorenzo, qui avait alors
vingt-deux ans, et Nina, une brune
fillette. Rendu plus farouche par cet
événement, il menait toute l'année au
fond de son « palais » de la montagne
presque l'existence un peu sauvage des
rares brigands encore survivants, avec
qui d'ailleurs il passait, quoique très
honnête, pour avoir des intelligences.
Il courait le pays à cheval, son fusil en

travers de la selle comme les paysans
d'ici — je l'ai moi-même rencontré plusieurs fois, — il chassait tout le gibier
possible, et leur seule distraction esthétique à tous les trois était de regarder chaque soir le même soleil s'en aller
par delà les crêtes vers l'horizon sup-
posé de la mer.

Brusquement il se remaria avec une
très jeune fille de Girgenti, jolie et passionnée, dont la famille était venue, je
crois, s'établir en Sicile dans les premiers temps de la domination espa-
gnole. Je ne l'ai vue qu'une fois, à une
des rares réunions de Palerme où elle
parut, et je restai frappé par son allure
d'Andalouse, bien qu'elle eût le corps
plus souple peut-être et plus émacié.
Ce n'était certainement pas la beauté
grecque, mais quels yeux! J'aurais voulu
que vous vissiez ces yeux! Envahissants,

ils étaient elle-même tout entière. Le moindre reflet de sang dont la joue se colorait s'éteignait dans le cerne qui s'élargissait comme un remous insondable, mais quand au plus léger battement du cœur deux lumières brûlantes passaient entre les cils épais comme une ombre, le teint devenait plus pâle, et seule la masse lourde de la chevelure paraissait plus sombre et plus écrasante sur le front pareil à quelque ivoire bruni. Vous voyez qu'à distance elle m'inspire presque !

`Je crois qu'au premier rapprochement elle inspira beaucoup moins Lorenzo. D'une nature simpliste et droite, formé à des sentiments purs et très forts par l'influence combinée de son père, de sa mère, une Florentine plus tendre, et de la vie rude qu'il avait menée depuis son enfance, il accueillit Lucia avec

toute l'hostilité de sa jeunesse rebellée
par le souvenir adoré de sa mère. Il eut,
paraît-il, avec son père une explication
violente comme il le fallait entre ces
deux hommes. L'amour profond de Francesco pour son fils, l'unique héritier
de son nom, et sa nouvelle passion durent se disputer en lui furieusement : il
n'en résulta qu'un accroissement de sa
jalousie un peu sénile, et le fait est que
personne de ceux qui avaient des relations avec cette famille ne vit Lucia hors
de très rares exceptions jusqu'au dénoue-
ment de notre histoire. Quoi qu'il en
soit, Lorenzo ne connut d'abord dans
cette jeune femme qu'une intruse, qu'un
être à côté dans sa famille composée
de deux vivants et d'une morte ; il s'ha-
bitua si bien, sans doute, à l'isoler des
habitudes de sa vie sentimentale, qu'il
finit par ne voir en elle que la femme,

et la femme qu'elle était, une trop belle vivante, qui devait fatalement agiter la fièvre inutile de ses sens. De son côté Lucia, dans la solitude continue de ses montagnes nues et frémissantes, entre la première vieillesse d'un homme qu'elle avait épousé sans amour et l'hostilité attirante de ce jeune mâle, s'accoutumait à ne pas jouer le rôle de mère avec ce fils qu'un de ses anciens condisciples au lycée de Palerme comparait devant moi au *Cupidon* de Praxitèle. Je dis que cela arriva ainsi, après tout le saurais-je plus que vous ? Ce que je puis affirmer, et ce que l'entourage sut bientôt, comme il le dit ensuite, c'est que, poussés vraisemblablement par la fatalité de cette situation qui interdisait à ces trois êtres des sentiments normaux, Lorenzo et Lucia s'aimèrent. Leur abandon fut-il précédé d'une idylle ? Pour

ma part, je ne le crois guère. Le grand
premier rôle dans cette affaire me semble
avoir appartenu simplement à l'instinct,
et à l'instinct impétueux de notre race.

Est-ce une innocente réflexion de
Nina ou un hasard quelconque qui
apprit à Francesco son désastre ? On
l'ignore. Mais comment ne tua-t-il pas
à la révélation même les deux amants :
cela est encore plus inconnu. Peut-être la
violence de son caractère et la fougue
de sa passion furent-elles bridées un
instant par l'éternel doute systématique
de tous les maris trompés. Puis la minute terrible dut succéder où tous les
soupçons anciens, tous les détails presque dédaignés se groupent d'eux-mêmes
sous la lumière projetée, affirmant une
certitude. Que se passa-t-il dans cette
âme ou dans cette chair en face de cette
sorte d'inceste qui lui arrachait deux

amours et lui faisait haïr son fils à cause
de sa femme et sa femme à cause de son
fils ? Je veux bien que jusqu'ici ce ne
soit qu'un fait divers odieux, mais il y a
de ces faits divers-là dans l'*Orestie*. Si
Francesco se tortura de sentir qu'il
avait suivi sa passion sans souci de son
fils, son fils dut lui en paraître plus haïs-
sable encore. Et n'avait-il donc pas le
droit de se remarier ?... Je crois surtout
que ce fut l'idée subite d'une vengeance
extraordinaire, comme il n'en peut ger-
mer qu'en de tels coins de civilisation,
qui étouffa l'explosion même de sa colère. Sa dégradation, où une foi chrétienne de simple décor sombrait toute
avec tant d'autres apparences, avait
éprouvé que ces amants n'étaient pas les
amants vulgaires.

Cela alla très vite. Je vous raconte la
chose telle que l'a reconstituée pour

moi-même un témoin de la scène principale. Francesco prétexta l'habituel
voyage, livrant Lucia et Lorenzo à leur
possession atroce et heureuse, encore
sans souffrance et sans remords. Il re-
vint dans la nuit, et n'eut aucune peine
à les surprendre. Sans un mot, il sortit
de la chambre, les laissant à peine cons-
cients de leur brusque réveil. Il appela
son jardinier, un vieux mais solide ser-
viteur, fidèle à Francesco comme un
chien, et, remontant avec lui, il prit suc-
cessivement son fils, puis sa femme, les
dépouilla de leurs derniers vêtements,
et les attacha nus aux deux colonnes
de face du lit. Alors Francesco dit quelques mots à voix basse à l'homme qui
sortit. Tout ceci avait duré au plus quelques minutes.

En vain Lorenzo aurait-il résisté.
D'ailleurs le sens même de ce qui se

passait si rapidement en silence lui échap-
pait encore dans l'hallucination violente
qui prolongeait en lui l'anéantissement
de la volupté. Mais sans doute quand il
reconnut Lucia, brutalement liée au pied
de ce lit en désordre, et que les meur-
trissures des cordes serrées retenaient
seules à la vie, un sursaut désespéré dut
le dégriser soudain, car on entendit dans
toute la maison une voix affreuse. Quelle
horreur l'avait saisi de son père, de lui-
même, et de Lucia peut-être, au moment
de l'atroce vengeance qu'il ne devinait pas
toute ? Ces murs enfermaient maintenant
un désastre d'humanité entre ces trois
êtres que seul joignait encore un instinct
animal de rut et de colère.

La porte de la chambre s'ouvrit, en-
cadrant la figure immobile de paysans
rasés. Ils firent un mouvement de recul,
et leurs lèvres épaisses se contractèrent

pour un cri de stupéfaction ou un sourire grossier. Mais un silence de mort pe-
sait sur cette troupe d'hommes. Lorenzo
ramassa son désespoir dans cet appel
farouche qu'il jeta à son père : « Tuez-
nous donc ! » Alors, avec un regard de
maudit qui convoque les autres à sa
malédiction, Francesco rapidement les
compta. Puis d'un mot bref il commanda
à ces brutes de défiler un à un devant
son fils, devant sa femme, et — je vous
demande pardon, madame, s'interrompit
le comte — sur chacun d'eux il les fit
pisser...

Depuis un moment notre bateau dan-
sait dans un mouvement combiné de
tangage et de roulis, qui rendait quelque peu inquiétante l'atmosphère tiède
et fade de la salle à manger. Des passagers étaient sortis déjà, la démarche in-

certaine et le regard chaviré. Nous re-
montâmes sur le pont. « Demain matin,
une mer d'huile, dit tranquillement le
comte. En attendant, ça secoue. Toute la
Sicile est là : des volcans et des champs
d'orangers, l'amour des nymphes et des
instincts de brutes... »

X

ADIEU A MESSINE

Nous passerons à Messine notre dernière nuit de Sicile. La belle et souriante ville, où s'évoque le plus ancien
souvenir des Grecs sur les promontoi-
res de Trinacria, courbe son antique
faucille autour de l'un des ports les plus
magnifiques du monde : rade bleue vers
qui s'abaissent des montagnes chargées de lauriers-roses, de grenadiers et
d'orangers. Son sourire accueille les bateaux qui glissent sur le détroit vers
les pays de rêve. Et pourtant cette cité,

16

dont le nom est doux comme le fruit
de ses vergers, n'a que des murs récents,
à cause des convulsions dont les trem-
blements de terre et les dissensions des
hommes l'ont toujours agitée. Seul le
Dôme, qui fut commencé au onzième
siècle, offrirait un modèle attrayant d'architecture normande.

Mais ce soir nous ne pouvons plus
nous attarder à des vestiges d'art, et
bien moins encore aux témoignages,
encombrant le quai, du commerce consi-
dérable de la ville maritime : il
faut nous abandonner sans arrière-pen-
sée, pour l'adieu, à la tendresse suprême
dont ce rivage nous enlace dans les
chères heures de la séparation. Serait-
ce même une abdication de nous étourdir
de tant de captivantes caresses, nous
voulons consentir un dernier assoupis-
sement dans ces bras parfumés qui

bercent notre cœur. Écoutons les orgues
de Barbarie et les guitares dans les rues
claires de Messine, baignons nos yeux
des vapeurs limpides et bleuâtres jusqu'à ce qu'ils ne distinguent plus qu'une
vision irréelle, mêlons à nos lèvres la
saveur de l'air odorant jusqu'à goûter la
sensation de l'ivresse sans jamais perdre
la conscience d'en jouir...

Le long du détroit que suit vers le phare
le pas ralenti des chevaux, les maisons
plus basses et simples succèdent aux
palais blancs du port radieux. La route
avoisine l'eau profonde où des navires
silencieux s'auréolent des reflets du soleil
couchant. Sur les montagnes de Calabre
tombent les plis lourds d'un crépuscule
violet et pâle que les cimes déchirent
en des franges de vieil or, et, groupant
aux portes et aux fenêtres leurs poses
paresseuses et leurs vêtements bariolés

la foule de tous ceux qui en d'autres
pays travaillent attend ici dans l'insouciance l'enveloppement de la nuit. Un
vent léger, que composent l'arome de
fleurs choisies et la fraîcheur des sources, court au-devant de nous. Le détroit
entre dans l'ombre, et sa gravité sereine
donne d'abord l'impression d'un repos
qui ne laisse plus rien désirer. Tout a
l'air si facile et si tendre, si proche des
limites du bonheur pour les corps abandonnés à la minute qui passe ! Une
menace de la nature ou de l'homme
peut-elle se mêler à tant de charme ?
Des musiques lointaines chantent sur
tous ces fronts qui semblent appartenir
à des visages heureux, et nous essayons
de le croire...

*
* *

Sur le détroit Reggio vient à nous
presque rose. Je vais m'accouder au
bastingage d'arrière et regarde encore
Messine. Je ne sais si la brume qui se
déchire au ras de l'eau ou un peu de
mélancolie mouille mes yeux, mais je ne
la vois plus qu'indistincte, et par delà
ses lignes effacées c'est toute la Sicile
que mon regret rappelle. En devinant
pour la dernière fois ses côtes, je songe
à sa diversité qui nous apparut presque
dès l'abord, et aux détails de sa vie,
aussi, qui nous retinrent pour la mieux
connaître. J'échappe à l'illusion d'hier
au soir que j'aime mais qui ne me prive
plus de penser.

Nous y éprouvâmes la tentation et
nous y sentîmes l'emprise de la nature
comme dans les basiliques de Byzance,

mais nous la vîmes domptée par l'intelligence d'une colonnade dorique. Or
nous eussions été heureux que, désaffec-
tée, telle chapelle ne nous obligeât plus à
prier, et nous trouvions beau que les
temples fussent en ruines. Que peut donc
l'effort païen pour développer toutes les
parties harmonieusement ? Il contient
un germe où se recèle sa faiblesse. Har-
moniser l'instinct à la nature n'est pas le
tout d'une éducation humaine. La nature
des hommes participe de la nature universelle, mais elle lui est supérieure, et elle
ne peut en recevoir la leçon exclusive. Et
s'il est en cette dernière des modèles
d'harmonie et de beauté, accomplis et très
dignes d'amour, comme le virent, sous
des modes divers, un Benoît ou un Fran-
çois d'Assise, — la ligne de la mer Ionienne vaut le plus sûr des frontons
d'Agrigente, — elle risque de nous en-

traîner aussi à son imperfection par où
elle tente la nôtre, à moins que simplement elle nous délaisse. Or les Grecs firent bien le geste magnifiquement volontaire quand ils édifièrent un temple de Ségeste — car il n'y eut qu'une pensée
hellénique, et nous pourrions aussi bien
monter au Parthénon ou joindre même
Praxitèle à Phidias ; — et quelque roi
Roger construisit pour l'idée chrétienne
où chacun se sentait divinement libéré
des attaches brutales. Pourtant les uns
et les autres demeuraient fragiles : nous
vîmes dans cette Sicile le culte apollinien
retourner au délire dionysiaque, et la
ferveur mystique descendre à quelque
ardeur troublante près de la séduction
des mosaïques. Sur de tels rivages on
risque de laisser son corps s'endormir
parmi les étreintes des choses. Mais
quel chemin pour l'esprit, s'il a voulu

regarder les horizons qu'il en découvre !

Le milieu du détroit est encore hanté par l'haleine des orangers, mais je sais bien maintenant ce que veut l'âme de cette Sicile et ce qu'elle me propose. Inquiète ou rieuse, diverse, contradictoire, je comprends les aspirations de ses fragments d'un ordre et de ses qualités éclatantes : il m'apparaît que son enchantement ne doit pas toujours asservir, et que sa seule sagesse ne suffit pourtant pas à triompher de l'atrophie où nous peut éteindre cet enchantement. Loin de confondre les styles et les traditions, comme je souffrirais de l'avoir vu un instant sur l'Acropole, cette île nous les dispose dans leur identité et dans l'isolement qui leur laisse toute leur force. On y saisit donc la complexité, qui est presque une antithèse de la confusion, complexité des races, de la géographie et des idées.

Bientôt son apparente anarchie révèle
l'autorité de la raison, et jointà des motifs
raisonnables un sentiment d'amour en-
vers l'ordre, qui pour moi fera valoir enfin dans l'unité toutes ces beautés différentes qui ont pris mon cœur. Peut-on
nous dire si notre admiration d'hommes
trop modernes pour les temples grecs
n'est point faite de la joie de trouver
un rythme réglant les émotions incons-
tantes de notre vie intérieure? Et la fragilité de ces beautés, si je les laisse à
elles-mêmes, demande pour servir qu'un
centre et une fin les assurent. De tous
côtés l'âme de la Sicile exprime en définitive le besoin de quelque chose, et c'est
bien par là qu'elle représente l'homme :
ainsi ses efforts et ses hésitations nous
guident vers le repos de la certitude.

« Les paysans sont encore semblables
aux nôtres d'avant 1789 », écrivait

M. de L..., qui tient avec distinction
une chronique sicilienne dans l'un de
nos grands journaux : ainsi montrent-
ils que la plus forte réalisation de leur
indépendance atavique est encore de
servir le roi, sans lequel l'unité italienne
ne serait plus qu'un amas instable de
fragments rivaux. Ce roi, — lui ou un
autre, et quoi qu'on puisse d'ailleurs
penser de son intronisation usurpée, —
on sent à tous les coins de rues italiennes que seul, parmi ce présent ba-
riolé, empressé et divers, il garantit de
son point fixe un avenir à ce peuple
surchargé de passé. Les autonomies
historiques étant déjà répudiées, quelque démocratie, toujours amorphe, li-
vrerait la nation nouvelle à l'invasion
des barbares. Mais cela n'est encore
que la signification temporelle de cette
île unique.

Rien ne vaut ici l'acte de foi qui s'impose si l'on veut résoudre les vraies contradictions, utiliser les belles et sereines lueurs de la raison, sauver la prière de ses alliages troublants : tant de charme et tant de force sur les rivages de cette Sicile vont alors nous conduire à Dieu. Leur lumière éclaire les sages chemins. Nous y voyons que ce cœur, tant vanté par notre siècle au détriment de l'esprit et qui s'arroge d'accepter toutes les émotions, ne connaîtra pas de lui-même la vérité intégrale et la direction de sa vie. Il y faut tout un enseignement... Les amours siciliennes peuvent se compliquer de cruauté et de bassesse. Et l'on nous dit que certains héros de Théocrite agissent au naturel quand ils ont parfois déformé leur propre nature.

Voici Reggio, toute proche, où nous

allons atterrir à des quais blancs dans
de l'eau presque transparente. Notre
voyage s'achèvera bientôt. Il en est de
plus solennels et de plus rares. Le nôtre,
que nous choisîmes sans nulle autre
prétention que de jouir d'un beau printemps, médite déjà au fond de nous.
Pourrions-nous l'oublier, s'il corres-
pondait même au trajet que des cosmo-
polites suivraient vers Palerme, s'éga-
rant de Naples ou de Brindisi ? Il ne
nous fut pas nécessaire de quitter l'horizon de la Sicile, ni de le compléter par
des impressions pittoresques de Tunis,
comme vous le souhaitent les agences.
Elle enclôt une somme de claire vérité à laquelle il convient de ne point
mêler aussitôt des ombres étrangères,
fussent-elles les plus désirables du
monde.

Demain nous remonterons la Calabre

par la ligne déserte qui longe les rives
silencieuses de la mer Ionienne et traverse le souvenir de Sybaris. Puis nous
reverrons Naples, la souplesse de ses derniers lazaroni et des collines autour du
golfe. Et Rome enfin, où nous nous
arrêterons : Rome, et la vision de son
catholicisme éternel où tout se ramène
et s'explique et s'unit, et sans laquelle
vainement le plus consolant pèlerinage
nous offrirait les haltes incertaines de
la nature et de l'art. L'homme qui veille
au fond du Vatican fixera en nous le
bénéfice humain amassé sur les plages
distinctes de notre patrie...

Mai-juin 19...

Durant cet hiver où je revois et dispose mes notes de voyage, après qu'un
peu de temps a choisi mes souvenirs et
leur a donné toute leur vie, je songe à
Messine dont il ne demeure plus que
des décombres sous la douceur des mêmes soirs. Je songe à tous ceux que j'ai
croisés au bord du calme détroit et qui
sont morts. Ainsi je connus les ruines
des temples helléniques et les cadavres couchés sous le cimetière de Palerme.

Depuis, l'Etna a bouleversé son cratère par la poussée des laves nouvelles,
et des détails notés au jour le jour se
sont peut-être transformés. D'une année à une autre la forme des choses
peut donc changer, et les événements
s'ajouter précipitamment à l'histoire
déjà vieillie. Or je viens d'achever quelques-uns des livres qui furent écrits en
mémoire de la Sicile depuis les événements tragiques, et, sérieux ou faciles,
si j'ai joui de leur attrait nouveau, ils
m'ont semblé pourtant les mêmes que
cette vieille relation de voyage de 1865
découverte jadis, à la veille de quitter
la France, dans une respectable collection. Je n'y recherchais, pour l'avoir
réellement entrevu de mes yeux, que
le même immortel horizon.

Rien de ce que j'éprouvais dans ce
printemps passé n'est fini, et nos émo-

tions gardent leur puissance. Elles
seules, et non point ici quelque érudition scientifique, nous importent,
si elles furent un peu d'humanité sincère. Je retrouve à parfaire ces cha-
pitres toute la mélancolie de l'adieu
quand Messine nous envoyait le dernier sourire de la Sicile. Où rêve maintenant la petite fille en velours bleu qui,
près de ma chambre, à Palerme, faisait
chanter son violon comme une lyre divine, et les mêmes femmes, sur les balcons du Pausilippe, lissent-elles leurs
cheveux noirs en regardant la mer? La
détresse dont la Sicile a frémi confirme
l'immuable fragilité terrestre, et de plus
en plus les aspirations de son âme nous
deviennent fraternelles. Les murs que
l'on relève patiemment de la trop riante
Messine disent la tristesse de la vie passagère, et pour la cité disparue, dont je

n'avais cru d'abord retenir qu'une légère volupté, je transcris le vers profond
et lourd de sagesse :

Aimez ce que jamais on ne verra deux fois.

Décembre 1910.

TABLE

TOURS

IMPRIMERIE E. ARRAULT ET Cⁱᵉ.

2920